UOMO LUPO

JOHN REINHARD DIZON

Traduzione di
SIMONA LEGGERO

CAPITOLO UNO

Kane North era il più grande spacciatore di crack di New York, e nessuno nella polizia di New York, nella DEA o nelle organizzazioni rivali nell'area dei tre Stati si aspettava che la sua ascesa si fermasse presto. La cocaina arrivava dalle Florida Keys, dai confini messicano e canadese e da dozzine di punti lungo la costa nord-orientale. Veniva convertita in crack in centinaia di laboratori clandestini a New York, nel New Jersey e in Pennsylvania, e distribuita da oltre mille case di crack in tutta la zona. Si stimava che la Rete Nord incassasse più di un milione di dollari lordi al giorno, e l'unica preoccupazione di North era il peso impressionante che questo comportava per le sue società di riciclaggio di denaro.

Molti dei loro maggiori clienti erano persone dell'industria dello spettacolo che erano diventati dipendenti dalla cocaina, ed erano convinti che passare al crack avrebbe dato loro più energia ed euforia che mai. Diventare dipendenti dal crack li rendeva schiavi degli stupefacenti, e una grande maggioranza si ritrovava con la propria reputazione professionale rovinata e il reddito in calo senza potersi permettere la quantità che consumavano. Le donne pagavano il prezzo più alto per le loro dipendenze, dato che molte di loro erano costrette a fare favori sessuali in cambio di ciò che non potevano comprare.

Mirjana Dragana era una di queste sfortunate. Era un'aspirante modella a cui era stata data la possibilità di un ruolo da protagonista in un film di serie B prodotto da uno dei registi di North che non pagavano le tasse. I registi del film l'avevano avvicinata alla cocaina, e con il loro incoraggiamento era passata presto al crack. La bella serba aveva messo in pausa la sua carriera di modella e ora dipendeva interamente dai guadagni del film, la cui produzione era stata improvvisamente rimandata. Si ritrovò disoccupata e dipendente dagli stupefacenti, e dopo aver speso i suoi risparmi per soddisfare le sue voglie, fu costretta ad incontrare North in persona per risolvere il problema.

Aveva sentito voci sulle depravazioni subite dalle donne che erano state attirate nella suite di North in un attico al confine con East Harlem in situazioni simili alla sua. Si era confidata con un caro amico, Steve Lurgan, che viveva nel palazzo di tre piani a Soho che aveva affittato al suo arrivo a New York. Lurgan era un fotoreporter appena tornato dall'Europa dell'Est e che aveva affrontato la guerra in Bosnia negli anni '90. Conosceva un po' di serbo e aveva fatto subito amicizia con Jana. Aveva visto il suo declino causato dall'abuso di droga, ma non avrebbe compromesso la loro amicizia criticandola. Fu solo quando lei gli disse che si sarebbe incontrata personalmente con North che lui le offrì un consiglio.

"Jana, per favore fai attenzione quando vai là", supplicò Lurgan. "Ho letto i giornali e ho delle conoscenze. Queste persone sono coinvolte nel traffico di droga e non escludo che cerchino di coinvolgerti in qualcosa di immorale per aiutarti a tirare avanti fino alla ripresa della produzione del film".

"Non preoccuparti, Steve", lo rassicurò Jana. Era una bionda cenere con occhi azzurri chiari, un naso piccolo e labbra spesse, la sua bellezza naturale esaltata da una figura a clessidra e un seno generoso. "So che sei mio amico e che ti preoccupi per me. Starò bene, so cosa sto facendo. La maggior parte di queste compagnie ha un'assicurazione che copre la perdita di guadagno, e credo che saranno in grado di trovare abbastanza per tenermi sul libro paga fino a quando non ricominceranno le riprese".

Nonostante la sua facciata coraggiosa, era piena di trepidazione quando arrivò al palazzo di North a Lenox Avenue quella sera. C'erano quattro delinquenti in piedi fuori dall'edificio, e annunciarono il suo arrivo con il cellulare prima che le fosse permesso di entrare. Altri quattro delinquenti la incontrarono nell'atrio e la scortarono fino alla fine del corridoio dove c'era una porta pesante d'acciaio sorvegliata da due uomini armati di pistola.

"Ehi, baby", un uomo nero alto e snello era seduto su un trono su una pedana in un salotto grande quanto uno showroom commerciale. Si guardò intorno nell'area sontuosamente arredata, dove altri sei uomini di colore si rilassavano sui divani e sulle sedie imbottite intorno al salotto. La fissarono come se una caramella appena entrata nella stanza. "Lascia che il mio ragazzo ti prenda da bere. Vieni qui e dimmi cosa posso fare per te".

"Sono venuta a discutere la mia posizione con la Player Productions", Jana si fece avanti esitante, camminando verso il bordo della piattaforma prima che North le facesse cenno di andare avanti. Salì sul palco e si avvicinò timidamente a Kane. L'uomo la guardò con lussuria, i suoi occhi arrossati di cocaina scintillavano sulle narici larghe e sul pizzetto luciferino.

"Ragazza, puoi assumere tutte le posizioni che vuoi per ottenere tutto quello che vuoi da queste parti", sorrise North mentre i suoi scagnozzi ridacchiavano divertiti. "Ora, ho visto alcuni spezzoni di quel film in cui hai recitato, e non c'è modo che una donna come te non abbia un posto in questa organizzazione".

"Grazie", riuscì Jana. "È solo che hanno smesso di mandare assegni ai membri del cast e alla troupe dal primo del mese, ed è molto difficile arrangiarsi con la produzione che è stata rimandata. Non so se siete al corrente che ho annullato i miei incarichi di modella per dedicarmi a tempo pieno a questo progetto".

"Ora, Jana... è Jana, vero? È mia abitudine conoscere ogni dettaglio delle mie varie imprese. Sono il tipo di imprenditore a cui piace tenere sotto controllo tutto nelle sue operazioni, capisci cosa intendo?". North la guardò con approvazione. "Conosco la tua storia, piccola, e voglio fare tutto ciò che è in mio potere per portarti proprio dove vuoi essere. Ora, so che eri nella corsia di sorpasso con i miei cruiser, e che piacevi ai produttori non solo per il tuo talento, ma per la tua capacità di interagire dietro le quinte. So che eri una vera e propria party girl, il più delle volte l'anima della festa. Ora, mi sentirei come se fossi stato battuto se non fossi mai riuscito a fare un po' di festa con te. I miei cani qui si sentono abbastanza bene allo stesso modo".

"Signor North, signore", abbassò gli occhi, rendendosi conto che la stavano fissando tutti, "parte del motivo per cui sono qui è che ho sforato il mio budget personale socializzando troppo. Mi rendo conto che mi sono fatta prendere dalla mentalità di Broadway, e ho sprecato più soldi di quelli di cui avevo il diritto di appropriarmi. Ho delle bollette da pagare e non ho previsto l'interruzione delle entrate. Ho giudicato male la solvibilità dell'azienda dando per scontato che, essendo lei il proprietario, avrebbero avuto il vantaggio della vostra solidità. Tutto quello che chiedo è che io possa avere almeno un altro mese di stipendio, che naturalmente verrebbe detratto dai miei guadagni quando il progetto sarà completato".

"Piccola, non so come altro dirtelo, ma *Showdown In Serbia* è andato", sorrise North. "I nostri analisti di marketing lo hanno esaminato e non lo vedono andare da nessuna parte oltre Blockbuster. Devo staccare la spina a questo progetto, bellezza, ma questo non significa necessariamente che devo staccare la spina a te".

"C'è... c'è... qualche altro progetto a cui posso partecipare?", chiese.

"Bene, sai che la maggior parte della tua commerciabilità sarà basata sulla tua attrazione sullo schermo", North si sporse in avanti sul suo trono di velluto e oro. "Personalmente non ho avuto la possibilità di controllare il tuo dossier. Mi dispiace dire che non ho la minima idea per cosa il mio studio stia buttando tutti questi soldi. Sarei fuori luogo se ti chiedessi se possiamo fare un provino qui in modo da poter decidere se staccarti un grosso assegno?"

"Perché, no", Jana non poté rifiutare.

"Spero che non ti dispiaccia toglierti la camicetta, così posso vedere come saresti in bikini", Kane prese un sacchetto di cocaina che sembrava un sacchetto pieno di detersivo.

"Perché... no", Jana deglutì a fatica. La stanza era silenziosa come una tomba prima che lei esitasse a sbottonarsi la camicetta.

"Questo è quello che io chiamo carisma", sorrise Kane mentre apprezzava i suoi grandi seni nel reggiseno di pizzo. "Perché non ti togli quei jeans così possiamo vedere cosa venderà davvero quella foto in bikini? Penso che possiamo fare un paio di battute qui per liberarci di un po' di quel nervosismo. Sai, questo è quello che cerchiamo, il tipo di donna che non fa cadere le mutande per un soffio".

C'era un graffio alla porta, quasi come se qualcuno avesse

fatto entrare un cane nel corridoio esterno. Kane l'aveva ignorato la prima volta che l'aveva sentito, ma ora era una distrazione senza spiegazione. North tirò fuori il suo cellulare e premette il numero di contatto, ma non ottenne risposta.

"Sentite, qualcuno vada fuori e dica a quei bastardi che devono darsi una mossa", Kane tagliò corto l'ululato mentre Jana si lasciava cadere i jeans alle caviglie. "Ci sono un milione di froci che vogliono entrare in quel corridoio, e io pago un sacco di soldi per assicurarmi che non lo facciano! Ora porta i cani su quell'osso prima che li rimandi tutti al canile!"

Il massiccio uomo armato, alto quasi due metri e pesante più di trecento chili, estrasse il suo Uzi mentre si dirigeva verso la porta e la spinse .

Iniziò subito la carneficina.

Jana Dragana si svegliò al Bellevue Hospital la mattina dopo e andò immediatamente nel panico. I ricordi del caos della notte precedente le inondarono la mente, ma la paura prevalente era il fatto che non aveva modo di pagare le spese mediche che stava sostenendo.

"Cosa... cosa ci faccio qui!" esclamò mentre un'infermiera e un dottore si affrettavano a registrare le sue risposte su una cartellina. "Sono stata portata qui senza saperlo, non ho soldi per pagare questo!

"Va tutto bene, signora Dragana", la rassicurò l'infermiera. "Lo addebiteremo sul conto del signor North con la Player Productions, o eventualmente su uno dei suoi molti altri conti assicurativi. Se dovessero negare la richiesta, può essere sicura che l'ospedale le fornirà un piano di pagamento comodo e conveniente".

"Signora Dragana, lei è attualmente iscritta a qualche programma di disintossicazione, o sta cercando un trattamento per la dipendenza da stupefacenti ?" il medico era esitante. "L'unico motivo per cui lo chiedo è che i paramedici hanno avuto molte difficoltà a metterla sotto sedativi. La maggior parte delle volte è causata da un'alta tolleranza alle droghe che siamo obbligati a menzionare prima del tuo rilascio".

"No, no, non ho nessun problema", gli occhi di Jana sfrecciarono per la stanza. "Desidero andarmene immediatamente. Chiedo che i miei vestiti e i miei oggetti personali mi siano restituiti immediatamente".

"Certo, signora Dragana", rispose l'infermiera mentre il medico lasciava la stanza. "Ha un visitatore che insiste per vederla, un certo signor Lurgan. "

"Certamente", disse Jana mentre l'infermiera recuperava i suoi vestiti da un armadio a tende. "Lo faccia entrare".

Steve Lurgan entrò immediatamente nella stanza non appena l'infermiera glielo permise . Era un uomo muscoloso di media altezza , che pesava 84 kg con un' altezza di 1,75 m. Aveva capelli neri ondulati, occhi blu penetranti e una mascella forte. Era bello e robusto ed era sempre stato visto di buon occhio da Jana, che lo avrebbe preso come fidanzato se le sue aspirazioni e le sue dipendenze non le avessero complicato la vita.

"Stai bene, Jana?" furono le sue prime parole.

"Sto bene, mi rilasceranno a breve", lei gli accarezzò le mani che tenevano le sue. "Tornerò all'appartamento tra un'ora circa, prenderemo un caffè, ok?"

"Ok, tesoro", disse e le diede una pacca sulla mano prima di alzarsi per andarsene. "Ci vediamo a casa".

La mente di Lurgan era piena di apprensione mentre camminava lungo il corridoio verso gli ascensori che lo avrebbero portato al livello superiore e all'uscita della First Avenue a Lower Manhattan. Era seriamente infatuato di Jana, ed era stato angosciato dalla sua lenta discesa nella dipendenza dal crack e dalla sua infernale associazione con l'organizzazione di North. Sapeva che non aveva il diritto di intromettersi nei suoi affari personali, e che qualsiasi libertà che si fosse preso avrebbe potuto giustamente comportare la perdita permanente della sua amicizia. Poteva solo amarla a distanza, e sperare che forse un giorno la sua lealtà avrebbe potuto portare a un riconoscimento e a un legame un po' più sostanziale.

"Mr. Lurgan?" sentì una voce familiare chiamare da dietro di lui. "Mr. Lurgan."

"Agente Lucic", Steve lo riconobbe a vista. "Come la posso aiutare?"

"Ascolti, non voglio davvero rovinarle la giornata", si avvicinò l'ufficiale biondo e muscoloso, "ma speravo che potesse dedicarmi un paio di minuti del suo tempo. Pensa che potremmo andare a piedi da Starbucks?".

"Probabilmente sa che la mia amica Jana verrà rilasciata tra poco. Le ho detto che l'avrei incontrata all'appartamento. Pensa che potremmo incontrarci in un momento migliore?"

"Potrei portarla in centro se necessario. Senta, lasciamo perdere Starbucks. Probabilmente sa che è da un po' che la guardo. Come ha fatto Jana Dragona a farsi coinvolgere nei tuoi affari?".

"Affari miei", Steve si avvicinò al marciapiede dove era parcheggiata la macchina su cui Lucic era appoggiato. "Vorrei che mi spiegasse esattamente cosa pensa siano i miei affari".

"Andiamo, Steve", Darko Lucic scosse la testa, guardando il cielo azzurro sopra l'orizzonte di Manhattan. "Ti ho messo su due dei tre omicidi recenti in cui le vittime sono state uccise con lo stesso *modus operandi*. Tu sai chi ha fatto uscire i cani e devi dirmelo. Se questo va oltre il mio controllo, chissà dove va a finire? Con tutte queste stronzate terroristiche che stanno succedendo in questi giorni, potresti finire a Guantanamo o in qualche altro posto pericoloso".

"Cani", Steve gettò le mani in fuori in segno di disappunto. "Agente Lucic..."

"Darko."

"Ok, Darko. Cosa sta cercando di appiopparmi? Non ho un cane, non l'ho mai avuto. Non so niente di cani, vivo in un appartamento".

"Andiamo, Steve", Lucic si massaggiò le tempie. "Tu la fai facile per me, io la faccio facile per te. Dall'anno scorso. i cani hanno attaccato ed ucciso spacciatori di droga per tre volte. . È successo proprio nel periodo in cui sei tornato a New York dopo il tuo ritorno dall'Europa dell'Est. Il primo incidente è andato bene, nessun errore. La seconda volta, ti sei fatto beccare da uno dei miei informatori che si allontanava dalla scena del crimine. La terza volta sei stato avvistato di nuovo, ti ho pressato un po' e mi hai mandato a quel paese. Ora siamo qui. Ora ho il movente, questa ragazza che ti vorresti scopare viene messa sotto pressione da Kane North per fare il lavoro sporco per lui e i suoi amici. Vengono fatti a pezzi da un cane d'attacco, ed eccoci qui con te che fai visita all'unica sopravvissuta del massacro. Sei un corrispondente di guerra, Steve. Osserva per un minuto. Se fossi in me, cosa vedresti ?".

"Come faccio a saperlo, Darko? Vuoi che faccia il tuo lavoro per te? Non sono un addestratore di cani. Forse c'è qualcuno là fuori che si muove contro gli spacciatori di droga e gli sguinzaglia contro i cani. Forse sono capitato nel posto sbagliato al momento sbagliato. Fai quello che pensi di dover fare, ma, a rischio di essere punito, stai abbaiando all'albero sbagliato".

"Ok, vuoi giocare duro. La tua amica Jana è una tossicodipendente. Puoi correre da lei e lei può chiamare una violazione HIPPA, ma poi io e te andiamo al tappeto e tu devi perdere. Io mi metto contro di lei e sai che lei scivolerà e cadrà da qualche parte. Senti, non possiamo avere dei vigilanti che corrono a briglia sciolta e che sguinzagliano i cani contro i signori della droga, indipendentemente da quanto sia alto il tuo obiettivo. Hai passato un periodo difficile in Bosnia, sai come si gioca. Forse sei tornato qui e hai pensato di poter applicare le tue abilità nelle strade di New York. Non succederà, signor Lurgan. Vengo dalla Serbia, i miei parenti hanno sofferto e sono morti durante il conflitto. Ho visto cosa succede quando la gente prende la legge nelle proprie mani, e non starò a guardare mentre succede qui".

"Sono d'accordo con te, Darko. Sono d'accordo al cento per cento".

"Ho dei peli di lupo sulla scena dei crimini, Lurgan", gli disse Lucic. "Ho zoologi che verificano che i segni dei morsi sulle vittime erano morsi di lupo. Qualcuno che conosci ha dei lupi addestrati che fanno a pezzi i trafficanti di droga su queste scene del crimine. Senti, non ho più simpatia di te per gli spacciatori, soprattutto per quelli che rovinano la vita di donne come Jana Dragana. Tuttavia, c'è una legge che governa questa nazione, una legge che protegge e difende il nostro popolo, una legge che non possiamo sospendere a nostra discrezione. Ho giurato di far rispettare quella legge, e quella legge non prevede che i vigilanti sguinzaglino i lupi contro gli spacciatori. Devi dirmi chi c'è dietro a questo, così posso assicurarmi che non accada più".

"Quello che posso dirti è che tengo molto a Jana", insistette Lurgan. "Non ho bisogno che tu glielo dica, spero solo che tu possa apprezzarlo. Non so niente di quello che tu e la tua gente vi siete inventati su dove fossi nelle occasioni che hai menzionato. Sono uno che cammina, faccio lunghe passeggiate di notte, sono fatto così. Non c'è nessuna legge che vieti alla gente di camminare in città, vero? Se provassi a dirvi dove cammino e quando cammino, probabilmente cerchereste di mandarmi al Bellevue".

"Ci sono stato", ammise Lucic. "Sto cercando di tenerne

conto, ma quest'ultimo è troppo difficile da trascurare. Pensa a questo: se gli alleati di North scoprono che lui e le sue guardie del corpo sono stati pedinati da qualcuno, e pensano per un minuto che Jana abbia qualcosa a che fare con questo, cosa pensi che succederà ?"

"Non succederà", Steve era irremovibile. "Non succederà mai".

"Senti, possiamo mettervi entrambi nel programma di protezione testimoni. Abbiamo un sacco di scelte. Dimmi chi ha il lupo e possiamo chiudere la faccenda. Se non hanno ucciso nessun civile, potremmo dargli un'opzione per uscire dalla città. Non hai molte scelte. Se succede di nuovo, faccio cadere una tonnellata di peso sulla tua ragazza. La uso per arrivare a te, e non me ne frega niente se le dici quello che ti ho detto. Le metto mille occhi addosso, e quando snifferà la sua prossima battuta la portiamo all'MCC. Non riesce a gestire la Metro, e andrà in pezzi per colpa tua".

"Ti sbagli di grosso, Darko", insistette Steve. "Starò a casa a guardare la TV il mese prossimo, tu puoi infilarti i tuoi lupi su per il culo. Ti stai grattando per gli indizi e non hai un cazzo. L'ho visto in Bosnia, quando non hanno niente si creano qualcosa. Io non ti darò niente. Tu metti i tuoi topi sulla mia veranda, io non ti do un cazzo".

"Sì, allora come faranno i tuoi ragazzi a farlo succedere?". Darko lo chiamò mentre si dirigeva verso la metropolitana. "Ti trasformerai in un lupo?"

Steve si allontanò senza parole, la sicurezza di Jana era il suo pensiero fisso in questo momento.

CAPITOLO DUE

L'incubo era iniziato per Steve Lurgan in Kosovo intorno al 1999. Stava indagando sulle voci intorno alle montagne Sar, lungo il confine albanese, dove si diceva che le truppe dell'UCK avevano portato al macello cittadini serbi. Circolava la voce che l'UCK avesse laboratori segreti situati lungo la catena montuosa dove i serbi venivano macellati per i loro organi e parti del corpo.

Steve era nato nel Queens, New York, ma aveva viaggiato avanti e indietro dall'Irlanda per tutta la sua vita per trascorrere le estati con i suoi nonni. Aveva sviluppato un amore per i viaggi ed era stato portato nel continente dai suoi parenti nel corso degli anni. Quando si laureò all'Università di Dublino con una laurea in giornalismo, aveva visto quasi tutte le principali città dell'Europa occidentale. Aveva il desiderio di vedere il resto del continente, e accettò un lavoro come fotoreporter per realizzare il suo sogno. Solo quando scoppiò la guerra in Serbia negli anni '90, scoprì che poteva fare più soldi vendendo le sue foto al miglior offerente piuttosto che legarsi a un editore. Decise di diventare un freelance, e questo gli diede più libertà di quella che aveva prima.

La guerra serba sembrava riflettere i disordini nell'Irlanda del Nord moltiplicati molte volte. Le tensioni razziali e religiose avevano sobbollito nella regione per secoli dopo la dinastia dei turchi ottomani, raffreddandosi sporadicamente solo per ribollire di nuovo. I cristiani avevano lottato per trovare il loro posto nelle regioni montuose lungo la penisola balcanica, e mentre crescevano con il sostegno dei compagni cristiani dell'Europa occidentale, i musulmani si trovavano all'estremità inferiore della scala economica. Gli antichi Illiri lasciarono il posto agli Slavi del sesto secolo, seguiti dagli Albanesi nell'ottavo secolo e dai Bulgari nel nono secolo. I serbi avevano preso il controllo del Kosovo fino a quando furono spodestati dagli ottomani nel 1389, e i turchi governarono l'area fino al 1913 quando fu rioccupata dalla Serbia.

Nel 1918, il Kosovo divenne parte della Federazione Jugoslava, e la regione fu sballottata dai venti di guerra fino ad oggi. Steve aveva trascorso tutto il decennio degli anni '90 in Serbia e si era innamorato di quella terra e della sua gente. Era il periodo della rivoluzione Grunge negli Stati Uniti, e lui si dilettava a portare il nuovo suono agli adolescenti serbi. Nirvana, Pearl Jam e REM erano tra i loro preferiti, e Steve amava il fatto che le truppe dell'esercito serbo spaccassero con i loro camion blindati mentre pattugliavano la pittoresca campagna.

Il primo ricordo di Steve delle voci iniziò in un ristorante serbo in Kosovo dove stava pranzando con Gunter Schenck della Reuters e Karen Jones della Associated Press. Videro quattro uomini cinesi in nero dalla faccia torva che si pavoneggiavano come criminali, guardando gli altri avventori in modo malevolo prima di camminare verso il bancone e ordinare da bere.

"Quei tipi sono una cattiva notizia, Steve", lo avvertì Gunter. "Quelli sono il tipo di persone che vorresti dimenticare di aver visto. Un po' come i signori della droga in Colombia, i re della terra".

"Sì, ma siamo in Kosovo", continuò Steve guardando verso di lui fino a che non entrarono in contatto visivo, poi sorrise e guardò di nuovo Gunter e Karen. "Molto lontano dalla Cina".

"Il problema è che stanno trattando sul mercato nero con l'esercito di liberazione del Kosovo", spiegò Gunter. "Avete sentito parlare dei cinesi che raccolgono organi per le operazioni di trapianto? Beh, questi ragazzi sono commercianti di pezzi di ricambio, se capite cosa intendo".

"Mi stai prendendo in giro!" Esclamò Steve. "Vuoi dire che sei seduto qui a dirmi questo e non sei fuori a cercare di farci un Pulitzer? Diavolo, sono qui da quasi dieci anni e non ne ho mai sentito parlare".

"Questo perché mi piace coprire le notizie in Kosovo, mangiare cibo esotico, bere vino pregiato, pranzare con belle corrispondenti, e vivere e respirare in particolare", Gunter fece l'occhiolino a Karen. "Rintracciare gli psicopatici sui Monti Sar sarebbe un suicidio come dare la caccia agli spacciatori di droga in Amazzonia. Anche i migliori di noi sanno dove tracciare il confine".

"Questa non è l'Amazzonia, Gunter", Steve sorseggiò il suo *raki*. "C'è un sacco di gente che vive su quelle montagne, i cui antenati vivono lì da secoli. Una cosa che ho imparato sull'Europa è che, fondamentalmente, la gente comune è la stessa ovunque. Sono brave persone che non hanno problemi ad aiutare i viaggiatori. Non credo che ci farebbe male andare in macchina e dare un'occhiata in giro. Se hanno qualche motivo per essere spaventati o riservati, allora hai una storia proprio lì che apre le porte a più persone per indagare".

"Sai, ha ragione", concordò Karen, una bella brunetta dagli

occhi azzurri. "È disgustoso pensare che qualcuno possa approfittare di una zona di guerra come questa . Le Nazioni Unite hanno persone in tutto il paese, e dovrebbero sapere se c'è qualcosa del genere su cui indagare. Penso che dovremmo andare su e dare un'occhiata. Hanno bloccato la maggior parte dei punti d'ingresso in Bosnia, in questo momento, stiamo comunque seduti a raffreddare i nostri talloni".

"Non si può discutere con una bella donna, lo sanno tutti", ridacchiò Gunter, un robusto tedesco biondo di Hannover, mentre dava un morso al suo *sudzuk*. "Va bene, allora finiamo qui e facciamo il giro panoramico. Ricorda solo che se vediamo qualcosa che assomiglia lontanamente a truppe armate, ce ne andiamo prima che tu possa dire donatore di organi".

Finirono il loro pasto e decisero di viaggiare fino a Gusinje, al confine con il Montenegro. Era una piccola città rustica ai piedi delle Montagne Maledette, e non aveva molti turisti o forestieri a causa della sua posizione remota. Videro un pastore che si occupava di un gregge di capre non lontano dai confini della città, lungo una sorgente, e si fermarono per una chiacchierata. Tutti e quattro parlarono in serbo.

"Fareste molto meglio a limitare la vostra visita in città", consigliò loro il vecchio. "Non per niente chiamano quella zona il Prokletije. La tradizione vuole che sia stata creata dal diavolo in persona. Lì non ci sono altro che ghiacciai e labirinti calcarei, insieme a lupi e altri animali pericolosi. Se vi perdete e non riuscite a trovare la strada entro il tramonto, potreste non tornare più. C'è un lupo demoniaco su quelle montagne che ha sviluppato un gusto per il sangue umano. Esce solo di notte, quando sa di non poter essere catturato. Anche i ribelli lo temono".

"Quindi sai che l'esercito di liberazione del Kosovo è su quelle montagne", incalzò Gunter. "Hai sentito voci che dicono che prendono ostaggi e li tengono prigionieri lassù?".

"Non avrebbe senso", rispose il vecchio. "Perché qualcuno dovrebbe portare degli ostaggi in una zona dove non può nemmeno difendersi?"

I giornalisti si congedarono dal vecchio e si incamminarono in direzione di Gusinje, prima che Gunter deviasse verso una ripida strada di montagna.

"Ok, ragazzi", disse Gunter, "Penso che stiamo per fare il colpo grosso. Se riusciamo a trovare tracce del KLA quassù, possiamo legare la superstizione locale alle voci sul mercato nero degli organi e ottenere abbastanza interesse umano da mettere i nostri nomi su questa mappa. Io dico di guidare fino a qui e dare un'occhiata in giro. Se vediamo qualcosa che assomiglia lontanamente a un'unità militare che è stata qui intorno, Steve fa una foto e io e Karen facciamo il resto".

Risalirono la collina e si trovarono su una cresta che dominava una vallata baldanzosa accessibile solo lungo un sentiero roccioso che si snodava attraverso una gola coperta di calcare. C'era dell'acqua che scorreva dai ghiacciai e che causava rivoli argentei che si diffondevano sul sentiero. Gunter fermò la jeep, preoccupato di dove potesse portare questa strada non segnata.

"Non so, forse dovremmo scendere e dare un'occhiata", disse .

Parcheggiò la jeep e iniziarono a vagare lungo il sentiero calcareo. A loro insaputa, il vecchio era una sentinella dei ribelli dell'UCK, la cui base si trovava nella zona. Telefonò quindi con il suo cellulare ai guerriglieri non appena i giornalisti partirono e furono allertati a loro volta in tutta la zona. Quando i tre giornalisti arrivarono a metà del burrone, si trovarono circondati da fucili che apparvero lungo le sporgenze rocciose su tutti i lati.

"Mani in alto! Siete circondati!", gridò un uomo con accento albanese.

"Siamo giornalisti, non sparate!" Gunter gridò mentre facevano quello che gli era stato detto. "Siamo venuti qui dal Kosovo. Stavamo indagando sulle voci di un lupo gigante nella zona".

"Pensiamo che siate venuti qui per qualcosa di completamente diverso", si fece avanti il leader, con l'AK-47 puntato su di loro. "Forse possiamo aiutarvi a trovare quello che state cercando".

"Ho lasciato le chiavi nella jeep", mormorò Gunter agli altri. "Se ci diamo una mossa, uno di noi può tornare in città e chiamare la polizia. Le unità dell'esercito serbo del generale Mladic sono di stanza appena fuori dal Kosovo. Se scoprono che questi ragazzi sono qui fuori, verranno fuori con tutto quello che hanno".

"Non possiamo!" Steve insistette. "Se iniziano a sparare potrebbero colpire Karen!".

"Ok, Karen, tu rimani qui e noi corriamo a cercare aiuto!" Gunter era pronto .

"Stronzate!" sibilò lei. "Non mi lascerai qui a farmi fare a pezzi per qualche mercato di organi!"

"Corri!" Gunter esclamò.

Si voltarono e fecero una corsa folle per risalire la collina, e furono entrambi stupiti e terrorizzati dal suono del fuoco automatico dietro di loro. Steve sentì un dolore lancinante al tricipite sinistro seguito da un impatto bruciante contro la spalla destra, prima che una scossa alla coscia destra lo facesse cadere sul terreno roccioso. Stordito, si guardò intorno e vide Karen alla sua sinistra e Gunter alla sua destra. Erano sdraiati a faccia in giù e non si muovevano.

"Quello al centro si sta ancora muovendo", gridò il capo in albanese. "Portiamolo con noi. Vai a prendere il loro veicolo e buttaci dentro gli altri due, riportalo alla base".

Il dolore era ormai bruciante, e Steve gridò

involontariamente quando lo afferrarono sotto ogni braccio e cominciarono a trascinarlo. Zoppicò come meglio poté, mentre una dozzina di loro convergeva sul sentiero calcareo davanti a lui, e fu tirato in mezzo al gruppo mentre si inoltravano nella gola.

"I giornalisti che mandano in questo paese sono tanto sconsiderati quanto stupidi", proclamò il leader ai suoi compagni. "Abbiamo messo delle persone sul posto con istruzioni per dissuadere questi pazzi dal precipitarsi verso il loro destino, eppure loro insistono nell'andare nel posto esatto dove gli è stato detto di non andare! Nemmeno le leggende dei demoni possono dissuaderli dall'andare verso la morte. Tutto quello che possiamo fare è usare le loro macchine fotografiche per fare delle foto che non svilupperanno mai, e mandarle agli editori che non sentiranno mai più parlare di questi poveri pazzi!

La mente di Steve stava correndo mentre pensava a come sfuggire a questa trappola e mandare un messaggio alle forze del generale Mladic vicino al Kosovo. Sapeva di essere ferito, ma sentiva di poter almeno tornare a Gusinje se solo fosse riuscito a scappare. Sapeva che una volta che lo avessero riportato alla loro base, sarebbe stato tutto finito. Avevano abbattuto i tre senza nemmeno provare a prenderli. Senza dubbio avrebbero ucciso anche Steve, e c'era la netta possibilità che lo portassero da qualche parte per tagliargli gli organi vitali dal corpo e venderli ai criminali cinesi in Kosovo. Le cose sembravano senza speranza mentre si avvicinavano alla caverna davanti a loro.

Si sentiva stordito dalla perdita di sangue e non gli sembrava di poter andare molto oltre. Stava per dire qualcosa quando sentì le urla e le grida intorno a lui. Pensò che lo stessero prendendo in giro, ma si rese conto che c'erano suoni di schiocchi e rumori di rami d'albero che si spezzavano lungo i lati del burrone. I due uomini che lo trascinavano lo lasciarono cadere a terra e lui si coprì la testa come meglio poteva, mentre intorno a lui infuriava uno scontro a fuoco. Sentì uomini che urlavano e morivano, ma tutto sembrò finire all'improvviso come era iniziato, quando gli imboscati scesero dalle rocce.

"Questo è ferito piuttosto bene", disse uno dei fucilieri agli altri dopo aver fatto rotolare Steve. "Stava sanguinando prima che arrivassimo".

"Ci sono un paio di corpi nella jeep che abbiamo intercettato", sentì un'altra voce chiamare in serbo dall'altro lato della collina. "C'è anche dell'attrezzatura fotografica".

"Controllate le sue tasche", il capo scese dalla collina che dominava la gola. "Deve essere un giornalista che è venuto qui con gli altri due".

Il fuciliere in piedi vicino a Steve gli frugò nelle tasche e consegnò il suo portafoglio al capo. L'uomo guardò impassibilmente il suo contenuto prima di avvicinarsi.

"Sono il capitano Evilenko", si presentò mentre Steve veniva tirato in posizione seduta. "Sono stato incaricato di dare la caccia alla compagnia dell'UCK che protegge questa zona. Sospettavamo che avessero arruolato i contadini e i pastori locali come vedette. Ecco perché sono stati in grado di evitarci per tutto questo tempo. Quando questi uomini non faranno rapporto, l'unità principale saprà che sono stati intercettati. Dovremo accamparci qui e aspettare che si muovano contro di noi".

"Vieni", disse un sergente. "Ti aiuteremo a medicare le ferite e ti daremo cibo e acqua".

"Che... che ne è dei miei amici?"

"Siamo un'unità da campo, non possiamo abbandonare questo settore", rispose Evilenko in modo brusco. "Purtroppo dovremo seppellire i tuoi amici qui, in modo che gli animali selvatici non li raggiungano. Se dovessimo mandare degli uomini al villaggio, verrebbero segnalati al nemico proprio come voi".

Steve osservò come i soldati cominciarono a far cadere i loro zaini e a sistemarli intorno al burrone, mentre altri trascinavano gli uomini dell'UCK morti nella caverna. I fucilieri si arrampicarono sulla collina e stabilirono posizioni da cecchino che dominavano l'area boscosa oltre il campo su cui stavano allestendo il loro campo. Un infermiere si avvicinò e gli tagliò la camicia sulle braccia con una baionetta, e poi gli tagliò la gamba dei pantaloni prima di iniettargli la morfina. Steve scivolò presto in La La Land mentre il medico cominciò a estrarre i proiettili dal suo corpo, e alla fine cadde incosciente.

Si svegliò con un freddo pungente mentre la notte era scesa lungo il fianco della montagna. Vide una serie di piccoli fuochi coperti da poncho sospesi ai rami degli alberi per diminuire la visibilità da lontano. Le sue braccia e la sua gamba erano intorpidite da un dolore lancinante e aveva molta fame. I soldati vicini lo videro muoversi e avvisarono immediatamente il capitano Evilenko.

"È bello vedere che hai ripreso conoscenza", sorrise Evilenko. "Abbiamo discusso della tua situazione e abbiamo pensato a un modo in cui potrai aiutarci".

"Come posso essere d'aiuto?". Steve si chiese mentre ringraziava uno dei soldati per una tazza di caffè caldo e una ciotola di stufato.

"Crediamo che i ribelli abbiano un'altra vedetta dall'altra parte della caverna che conduce alla valle, dove crediamo abbiano allestito i loro depositi sotterranei", spiegò Evilenko. "Eravamo abbastanza sicuri che tu e i tuoi amici foste venuti qui per indagare sulle voci secondo cui i guerriglieri avrebbero portato qui e ucciso dei prigionieri per gli organi e le parti del corpo. Questo è il motivo per cui anche noi siamo stati mandati qui. Saranno in guardia per un'unità militare, ma saranno molto meno sospettosi di un uomo solo. Ti scorteremo in una zona designata dove ci aspettiamo che stiano pattugliando, e quando si muoveranno contro di te li distruggeremo".

Steve prese con rassegnazione la pistola che gli avevano dato e si diresse di nuovo verso la caverna dove avevano trascinato i corpi dei soldati dell'UCK poche ore prima. Era quasi mezzanotte, e l'unica luce proveniva dalla luna piena che brillava intensamente sopra la testa e si rifletteva sulla pietra calcarea lungo la gola. Quando entrò nella caverna, poté vedere che anche le pareti erano ricoperte di calcare, e la muffa le faceva apparire incandescenti mentre vedeva i corpi dei morti impilati lungo entrambi i lati. Quasi come un ripensamento, aprì il cilindro del revolver che gli era stato dato e vide che era carico di proiettili rivestiti d'argento.

Zoppicò per un quarto di miglio sulla gamba malandata e aveva voglia di arrendersi. Aveva visto due dei suoi più cari amici assassinati solo poche ore prima ed era stato colpito lui stesso. Il caffè e la ciotola di stufato non avevano fatto molto, ed era ancora debole per la perdita di sangue. Le sue ferite bruciavano di nuovo e si sentiva come se fosse stato calpestato. Strisciò lungo il sentiero calcareo, senza sapere o preoccuparsi se avesse incontrato l'UCK o se si fosse perso.

Subito sentì un ruggito ovattato, quasi come quello di un leone in un circo. Si fermò sui suoi passi, scrutando davanti a sé nell'oscurità nebbiosa del viottolo ombreggiato dagli alberi. Sapeva di avere abbastanza proiettili per uccidere un animale selvatico, ma sarebbe stato un proiettile in meno con cui difendersi dall'UCK, come se un revolver fosse sufficiente per difendersi dai fucili automatici. Strisciò avanti lentamente, sperando che i serbi guardassero abbastanza da vicino da intervenire se fosse stato assalito da una bestia selvatica.

Improvvisamente, vide quello che sembrava essere un lupo gigante che emergeva dalle ombre davanti a lui. Era difficile dirlo, ma da terra la sua testa sembrava alta quanto le spalle di Steve. Era di dimensioni enormi, forse circa centotrenta chili di muscoli e ossa. I suoi occhi erano come braci ardenti e le sue zanne come pugnali d'avorio mentre fissava Steve. Si mise in una posizione a tre punti, congelato sul posto con il revolver pronto, puntato dritto verso la bestia mostruosa. Avrebbe svuotato la pistola sul bersaglio non appena fosse arrivato a distanza di un balzo, e ciò che sarebbe rimasto di lui sarebbe stato ciò che il KLA avrebbe potuto fare.

Il lupo gigante si avvicinò lentamente, deliberatamente, poi scoppiò subito in un impeto, caricando e saltando verso Steve mentre cominciava a caricare il grilletto prima che il grande impatto lo travolgesse nell'oblio.

"Ancora con noi, figliolo?"

Steve aprì gli occhi e vide un soldato seduto accanto a lui. Era in un letto, presumibilmente in un ospedale, e fu in qualche modo sorpreso che i tubi non uscissero da ogni buco del suo corpo. Era ancora più sorpreso che tutti i suoi dolori fossero spariti, il che gli fece pensare di essere stato qui per molto tempo. Vide l'elmetto generico dell'ONU sulla testa dell'uomo, riconobbe l'accento americano e quella che Steve considerava la toppa da spalla del NWO[1].

"Dove sono? Da quanto tempo sono qui?".

"Sei nell'ospedale principale di Pristina", rispose . "Sono il capitano Jude Ryun, distaccamento dell'esercito degli Stati Uniti con le forze di pace delle Nazioni Unite. Abbiamo ricevuto una soffiata dall'esercito serbo che un'unità dell'UCK stava operando lungo la catena di Prokletije, vicino a Gusinje. Siamo entrati e ti abbiamo trovato nel mezzo di un campo di sterminio con due squadre di uomini dell'UCK. Eri l'unico sopravvissuto, coperto di sangue, senza un graffio addosso. Stiamo ancora cercando di capire cosa sia successo".

"L'ultima cosa che ricordo è che stavo camminando attraverso la valle come uomo di punta di una pattuglia dell'esercito serbo", Steve si sedette nella stanza sgangherata. La vernice era crepata e scrostata sia sulle pareti che sui mobili. "Mi avevano salvato da un'unità dell'UCK e mi avevano chiesto di unirmi a loro per dare la caccia alla forza principale. Mi sono imbattuto in un lupo nel bosco e mi ha attaccato. Ho sparato un paio di colpi con la pistola che mi era stata data, ed è tutto ciò che ricordo".

"Abbiamo trovato il lupo", sorrise Ryun in modo secco. "Aveva il petto pieno di pallottole d'argento. Immagino che fosse tutta una questione di superstizioni, su quelle montagne. Non sembra che quei guerriglieri dell'UCK siano stati altrettanto fortunati. Ho il sospetto che il National Geographic se ne occuperà. Sembrava che un branco di lupi si fosse impossessato di quell'unità ribelle e l'avesse fatta a pezzi. La cosa più incredibile, però, è che l'unica carcassa che abbiamo trovato è quella a cui hai sparato. Non posso dire che qualcuno sia arrabbiato per come è andata a finire, ma è la cosa più dannata".

"Avete trovato i... corpi dei miei amici?"

"Sì, i serbi li hanno consegnati insieme alla jeep. Abbiamo la tua attrezzatura fotografica di sotto, puoi ritirarla quando te ne vai. I corpi e gli effetti personali dei tuoi amici saranno rispediti alle loro famiglie. Mi dispiace per tutto questo".

"Anche a me ", disse Steve a bassa voce.

Lasciò l'ospedale in stato confusionale, stupito che le sue ferite d'arma da fuoco fossero scomparse del tutto. Il personale medico riferì che era in perfette condizioni, a parte il fatto che aveva sofferto per l'esposizione e lo sfinimento. Prese accordi per tornare a New York, e fu quella stessa notte che cominciarono gli incubi.

Sognò quella notte nella valle, mentre camminava lungo il sentiero illuminato dalla luna e veniva attaccato dal lupo gigante. Solo dopo aver scaricato la sua arma sulla bestia, questa gli affondò i denti nel collo e in qualche modo trasferì il suo spirito in lui. Sentì le urla e le grida delle innumerevoli vittime della bestia riverberare nel bosco, ululando come un ossesso mentre si precipitavano attraverso le fauci del lupo e nell'anima stessa di Steve. Steve si liberò e cominciò a strisciare, solo per ritrovarsi trasformato nella forma della bestia stessa. Non poté resistere all'impulso di strapparsi i vestiti dal corpo con i denti, e improvvisamente cominciò a ululare in modo incontrollato, celebrando la libertà del suo spirito tanto quanto un insaziabile bisogno di conquista. Aveva bisogno di uscire nella notte. e stabilire il dominio sui luoghi oscuri, di reclamare il suo posto come signore e padrone del deserto.

Erano sogni stupefacenti, del tipo che uno deve svegliarsi per credere che non siano realmente accaduti. Eppure, quando si svegliava, era tutto troppo inquietante, quasi come se si svegliasse da un blackout alcolico con la terribile realizzazione che erano successe cose che non si potevano ricordare. Dopo un po' si rese conto che stavano accadendo durante il ciclo della luna piena, e che lui perdeva i sensi subito dopo che la luna aveva raggiunto il suo apice nel cielo notturno. Iniziò a stare a casa e a chiudersi nella sua stanza in quei momenti, ma gli incubi continuavano a ripetersi e non osava chiedere aiuto a nessuno.

Fu più di dieci anni dopo che incontrò Mirjana Dragana. Fu in quel momento che si rese conto di poter sfruttare il potere.

Fu allora che si rese conto di poter restituire male per male.

CAPITOLO TRE

"È stato assolutamente orribile, Steve!" Jana piangeva mentre sedevano nel piccolo ma accogliente soggiorno del suo loft in Prince Street, proprio in fondo al corridoio rispetto al suo. "Non dimenticherò mai la vista. Le urla e le grida mi accompagneranno per tutta la vita!"

"Cosa hai visto?" chiese lui. Era stata annientata dai tranquillanti dal suo ritorno dall'ospedale, e fu la sera dopo che lei gli telefonò per chiedergli di andare da lui. Vide che aveva pianto, e intuì che probabilmente aveva fatto il pieno di sedativi per aiutarla a calmare i nervi dall'incidente e dall'astinenza da cocaina.

"Era un cane, ma molto più grande", si asciugò gli occhi arrossati con un fazzoletto. "Era anche più grande di un lupo. So come le cose si confondono e la mente delle persone gioca brutti scherzi nei momenti di stress. Ho molta esperienza di questo dalla guerra in Serbia. Eppure ci sono cose che so di aver visto, cose che non posso negare".

"Come cosa?" chiese gentilmente.

"La... la bestia, stava in piedi sulle zampe posteriori come un uomo", si concentrò duramente, cercando di ricordare tutti i dettagli. "Ha sfondato la porta come avrebbe fatto un uomo, ma è entrato nella stanza come un animale, a quattro zampe. È andato verso Kane, anche se i suoi amici avevano tirato fuori le pistole e gli stavano sparando, i proiettili sembravano non avere effetto su di lui. Colpivano l'animale, ma non riuscivano a fermarlo. I proiettili non passavano attraverso, penetravano ma senza effetto".

"Tutti gli uomini avevano delle pistole? Hanno sparato tutti al lupo?".

"Sì, l'hanno fatto, il tappeto era coperto di bossoli", disse con un leggero accento serbo. "Ci saranno stati più di sessanta colpi sparati in pochi minuti. Eppure l'animale è saltato su Kane e gli ha strappato la gola con un solo morso. Era come una trappola d'acciaio, non sembrava reale, niente di tutto ciò. Si girò e saltò sull'uomo successivo, poi sul successivo. È successo così in fretta che nessuno ha avuto il tempo di reagire. Hai visto come reagiscono velocemente gli animali in natura; era proprio come quello che è successo in quella stanza. La bestia correva da una persona all'altra come se stesse strappando la carne dai ganci in una macelleria. Non c'era modo di combatterla, era forte come un orso".

"Dov'è andato?" Chiese Steve. "Sapeva che eri nella stanza?"

"Scappò di nuovo fuori dalla porta. Non c'era modo che io potessi guardare per vedere dove fosse andato, ero congelata dal terrore. Ricordo che mi guardò dritto negli occhi, e posso assicurarti che era come guardare negli occhi del diavolo. Era come gli occhi di un serpente, solo che erano rossi come il fuoco. Aveva anche le zanne come un serpente, solo che erano come lame, e grondavano del sangue degli uomini che aveva ucciso. Le sue mascelle, il suo petto, le sue zampe e le gambe erano coperte di sangue. Mi guardò negli occhi quasi come se mi conoscesse. Fu il momento più lungo e terrificante della mia vita. Mi fissava come se cercasse di comunicare con me, poi all'improvviso si è girato e si è precipitato attraverso la porta, ed è sparito".

"Che domande ha fatto la polizia? Ti hanno dato un'idea di quello che stavano cercando? Tutti i giornali dicevano che c'erano segni di un cane d'attacco che era stato lasciato libero nella stanza".

"Questo è quasi uno scherzo, uno scherzo terribile", scosse la testa. "Un solo cane non avrebbe potuto fare una cosa simile. Inoltre, i cani avrebbero dovuto essere a prova di proiettile. Questa è stata la parte peggiore di tutte. Si sono comportati come se stessi mentendo, o se fossi stata isterica per tutto il tempo. C'era un tizio, un detective, era serbo e ha cercato di essere accondiscendente. Sai, cercava di parlarmi in serbo, ma era stato via troppo a lungo e ha fatto la figura dello stupido. Abbiamo finito per parlare in inglese e mi ha chiesto tutto sulla bestia. Ha registrato la conversazione sul suo piccolo registratore e ha preso appunti sul suo blocco, poi se n'è andato. Sono stata portata dall'edificio direttamente all'ospedale, e non mi hanno fatto uscire fino a questa mattina".

"Ti ricordi il suo nome?"

"Era Darko qualcosa. Sono sicuro di avere il suo biglietto da visita qui da qualche parte".

"Darko", Steve espirò dolcemente.

"Conosci questo tizio?", chiese.

"L'ho incontrato di tanto in tanto", disse Steve. "Ti ricordi che ti ho detto che ero freelance vicino al Kosovo durante la guerra? Beh, ho avuto parecchi contatti con l'UCK mentre ero lì. Non so quanto tu abbia sentito parlare delle atrocità che i musulmani commettevano lungo le Montagne Maledette vicino al Kosovo occidentale".

"Ho vissuto lì durante la guerra, Steve", sorrise

ironicamente. "Temo di aver visto molto più di quello che ho sentito".

"Si diceva che l'UCK portava i prigionieri in laboratori nascosti sulle montagne dove venivano uccisi per le loro parti del corpo", disse Steve con esitazione. "L'UCK raccoglieva i loro organi per i trapianti e li vendeva ai cinesi. Ne avevo sentito parlare e decisi di indagare per conto mio. Ho raccolto delle prove, ma alla fine ho attirato l'attenzione delle unità dell'UCK nella zona. Mi hanno dato la caccia e stavano per uccidermi, ma sono stato salvato da unità dell'esercito serbo sotto il colonnello Evilenko".

"Evilenko", ansimò lei, i suoi begli occhi spalancati dalla trepidazione.

"Ne hai sentito parlare?"

"Era conosciuto come la Bestia delle Montagne Nere, la *Crna Gora*", disse lei con un sorriso al ricordo. "È molto difficile spiegarlo ai forestieri, alle persone che non sono della Serbia. Bisogna ricordare che la gente di questa regione ha vissuto fianco a fianco per centinaia di anni, ma c'è sempre qualcuno che risveglia antiche rivalità ogni volta che si riapre una vecchia ferita. Ci sono stati momenti all'inizio del secolo in cui i musulmani e gli albanesi perseguitarono i cristiani ortodossi della zona. Alcune storie erano terribili, ma nessuno avrebbe ritenuto responsabili i discendenti dei colpevoli dopo tanti anni. Nessuno se non i fanatici che persone come Evilenko hanno radunato dietro di loro. Sostenevano che stavano vendicando l'assassinio del nostro popolo, ma divenne chiaro che il loro unico scopo era rubare, uccidere e distruggere".

"Ho visto cosa hanno fatto Evilenko e i suoi uomini", disse Steve con rammarico. "Non mi hanno mai permesso di fare foto di quello che hanno fatto. Hanno tenuto la mia attrezzatura con loro da quando mi hanno prelevato a quando me ne sono andato. Sfortunatamente, quando mi hanno rilasciato, la mia macchina fotografica è stata distrutta e quando sono tornato negli Stati Uniti non avevo prove contro i trafficanti d'organi clandestini. In qualche modo il detective Darko ha avuto una pista su di me, e da allora si occupa del mio caso".

"Non pensi che... sia venuto a cercarmi per colpa tua?"

"No, penso che sia arrivato a te perché sei serba", rispose Steve. "Sai come la polizia cerca di intrappolare le persone usando altri della loro stessa razza per ottenere informazioni. Probabilmente vedono questo come un omicidio per droga e cercano di vedere se tu ne sai qualcosa".

"Perché? Perché dovrebbero pensare...?" si spaventò.

"Sono poliziotti, vengono pagati per guardare la gente", le assicurò lui. "C'è stato un omicidio di un cane qualche mese fa, era su tutti i giornali, ricordi? Non hanno mai trovato altro, quindi stanno di nuovo cercando delle piste. Sono sicuro che hanno controllato la tua storia e hanno visto che eri lì per lavoro. Altrimenti perché una bella attrice come te dovrebbe trovarsi nello stesso edificio con un verme come Kane North?".

"Beh, io, uh..." riuscì, essendo stata presa completamente alla sprovvista. "Si dà il caso che il signor North fosse uno dei maggiori investitori nel progetto cinematografico in cui ero coinvolta. Quando la produzione è stata annullata, ho fatto una serie di indagini e alla fine sono stata messa in contatto con il signor North. Naturalmente, ero a conoscenza della sua reputazione, ma so anche che molti ex spacciatori sono stati in grado di investire il loro denaro in imprese legittime e hanno trasformato le loro vite e le loro fortune. Si dice che sia molto simile ai contrabbandieri del secolo scorso qui in America. Sto solo cercando di trovare la mia strada, non sono nella posizione di giudicare gli altri".

"Non so se metterei Kane North insieme ai Kennedy", Steve riuscì a sorridere. "Sarei solo preoccupato che una come te si associasse a gente del genere. Non sembra avere una grande stima delle donne. Ha prodotto i suoi dischi, tra le altre cose, e molti dei suoi testi erano di natura quasi misogina. Penso che sarei stato molto preoccupato se tu fossi entrata a far parte della sua cerchia".

"Grazie, Steve", abbassò gli occhi prima di guardarli seriamente nei suoi. "So che sei mio amico e che ti preoccupi per me. Sai, penso spesso a te e ringrazio Dio di avere qualcuno come te che vive accanto a me e con cui posso confidarmi".

"Ogni volta che hai bisogno di qualcosa, sai che tutto quello che devi fare è chiedere", rispose tranquillamente. Sapeva che si stava innamorando di lei, ma non osava perseguire una relazione con lei. Sentiva come se lei fosse emotivamente troppo vulnerabile e avesse troppe cose da fare con la sua dipendenza dalle droghe per avere una relazione in questo momento. Inoltre viveva ancora con la *maledizione,* e non era una cosa che avrebbe mai osato fare a qualcuno che amava.

Lui si alzò dalla poltrona in cui sedeva di fronte al suo divano e fece il giro del tavolino con il piano di vetro mentre lei si alzava per accompagnarlo alla porta. Le tenne le mani mentre lei abbassava timidamente la testa. Sapeva che lei si aspettava che lui cercasse di baciarla, ma lui le lasciò le mani e si diresse verso la porta.

"Dormi un po'," le sorrise. "Hai avuto troppe cose da fare negli ultimi due giorni".

"Grazie, Steve", rispose lei sorridendo. "Buonanotte".

Fissò malinconicamente la porta molto tempo dopo che lui se ne fu andato.

Era molto simile all'essere un alcolizzato, o intollerante all'alcol. All'inizio era un blackout totale, poi dopo la fine del primo anno ricordava parti di quello che era successo. Alla fine del quinto anno era come essere ubriaco fradicio, non avere quasi nessun controllo delle proprie facoltà e scivolare dentro e fuori dalla consapevolezza. Negli ultimi due anni era come guidare ubriachi, riuscendo in qualche modo a gestire il controllo, anche se spesso aveva dei vuoti improvvisi. Cominciò a prendere l'Amtrak per le Catskills a New York o le Poconos in Pennsylvania durante il ciclo di luna piena, e ad affittare una cabina in zone remote per tutta la durata.

Faceva uscire il cane prima di mezzanotte, lasciando una chiave e dei vestiti di ricambio nascosti fuori dalla capanna e chiudendo la porta a chiave prima di uscire nel bosco. Si spingeva sempre più in profondità, fin dove poteva arrivare, fino alla zona più appartata dove nessuno sano di mente si sarebbe avventurato nel buio. Negli ultimi due anni riusciva a ricordare la trasformazione , e si toglieva i vestiti in modo da poterli ritrovare il giorno dopo, e ricordare il processo.

La metamorfosi stessa era la parte più difficile, come se andasse in shock insulinico. Cadeva contorcendosi in convulsioni, provando la malattia più rettile. Appena prima di non poterlo più sopportare, se ne andava. Risorgeva dalle proprie ceneri come un essere supremo, incredibilmente potente, agile e veloce, anche se il suo cervello era come un ubriaco che ricordava a malapena di aver sollevato il bicchiere dal tavolo. Correva come un ragazzo che stava realizzando la sua adolescenza, un giorno capace di correre e saltare con muscoli che non sapeva di avere. Correva e si arrampicava dove nessun altro essere osava avventurarsi, e quando arrivava lungo la scogliera più scoscesa alla vetta più alta, ululava alla luna in trionfante esultanza.

Scoprì che poteva cacciare di notte, e spesso strisciava giù nei campeggi come un indiano che conta i colpi. Era il gioco che faceva e che non perdeva mai, scendendo di nascosto a toccare un sacco a pelo, infilando la testa in una tenda, e persino rubando il cibo senza che nessuno sapesse che era lì. Quelli che portavano cani erano i più facili da evitare, perché il suo odore li faceva impazzire quando arrivava a cento metri.

Quando non c'erano cani, il suo olfatto era come un radar che poteva rilevare un umano nel raggio di cento metri.

Il suo udito era altrettanto acuto, e gli ci volle molto tempo per superare l'opprimente senso di paranoia che derivava dal sapere di essere completamente circondato da esseri viventi. Il discernimento arrivò col tempo, e riuscì a distinguere le creature pericolose dai roditori e dalla selvaggina. Imparò presto che gli orsi avevano un atteggiamento "vivi e lascia vivere" nei suoi confronti, i leoni di montagna lo evitavano e gli altri lupi lo vedevano come una minaccia mortale. Questo lo incoraggiava molto, ma anche nel suo stato surreale di ebbrezza, sapeva che la sua vita poteva essere finita da un uomo con una pistola. In questo, non era diverso da qualsiasi altra creatura della foresta.

L'aspetto più spaventoso era il desiderio di sangue, e questo era più reale di qualsiasi altro che avesse mai conosciuto. Era come una sete folle in preda alla disidratazione, una fame bruciante dopo giorni di digiuno, un prurito tormentoso che si sarebbe strappato la pelle per alleviare. Spesso gli faceva perdere i sensi, e quando si svegliava per ritrovarsi a divorare una piccola creatura, era come un uomo famelico che si riconcilia con il cibo cotto caduto a terra. Era terrorizzato al pensiero di cosa sarebbe potuto succedere se si fosse trovato in una zona popolata, un po' come un guidatore ubriaco intrappolato in un'autostrada a quattro corsie di notte nell'ora di punta.

Negli ultimi anni i suoi momenti di lucidità lo avevano aiutato a trasformare alcuni dei suoi episodi assurdi in esperienze memorabili. Era passato dal voyeurismo nel guardare belle donne che facevano l'amore dall'ombra, al fermare gli stupri di coppia e persino gli stupri di gruppo. Aiutò i cercatori a trovare persone smarrite, e anche a salvare persone aiutandole a trovare la loro strada o oggetti che facilitavano la loro fuga. Fu allora che si rese conto che poteva usare il fenomeno per il bene, e doveva solo essere creativo nell'incanalare la sua risorsa.

Ha imparato che la bestia era invincibile quando si è imbattuto nei criminali che assalivano una giovane coppia solo pochi anni prima , quando ha iniziato a ricordare le cose come in brevi videoclip. Avevano armi automatiche e avevano aperto il fuoco su di lui mentre emergeva dai cespugli. Li aveva visti tirare fuori la coppia dall'auto parcheggiata, picchiare il giovane prima di spogliare la ragazza e stenderla nuda sull'erba. Cominciò a ringhiare e ringhiare dall'ombra, fermando l'attacco prima di rivelarsi. Aprirono il fuoco e lui rotolò via per la paura, sentendo i proiettili lacerargli il viso e il petto. Corse via per un po' finché non si rese conto di non essere stato ferito. Tornò indietro e vide che i membri della banda erano fuggiti, lasciando la coppia a raggrupparsi, ringraziando Dio che la creatura era arrivata e aveva salvato le loro vite.

Un giorno si rese conto che la bestia poteva benissimo essere una bomba a orologeria che poteva essere impostata per esplodere in un luogo del male al momento stabilito. Sapeva che se avesse trovato un luogo di rifugio nel cuore delle tenebre al sorgere della luna piena, la bestia sarebbe emersa e non sarebbero stati in grado di resistere. Ci pensò a lungo e intensamente, e fece molte ricerche prima di giungere ad una decisione. Sapeva che se la bestia fosse stata catturata o uccisa, il suo segreto sarebbe venuto alla luce all'alba quando la possessione sarebbe svanita. A quel punto non gli importava più se viveva o moriva; quindi, avrebbe accettato qualsiasi cosa gli capitasse.

Aveva fatto ricerche sulla possessione demoniaca appena tornato in America dal Kosovo. Parlò con preti cattolici, poi con cristiani evangelici, persino con *brujo* dei culti di magia nera della Santeria tra la gente caraibica di New York. Tutti gli dissero che il demone poteva essere esorcizzato se solo avesse creduto. Steve, un agnostico, sapeva di essere al di là di ogni speranza perché non credeva. Sapeva che tutto quello che poteva fare era vivere con la maledizione e fare il meglio che poteva. Portarlo ai predatori e ai distruttori sembrava la cosa più logica.

Venne a conoscenza della 137th Street Gang di East Harlem, tra i più spietati assassini della nazione. Controllavano il traffico di crack nella zona e tenevano la comunità in una morsa di terrore nonostante gli sforzi concertati della polizia di New York per distruggerli. Le sparatorie dalle auto costano la vita a vittime innocenti e l'uccisione di una scolaretta di sei anni spinge Steve ad agire.

Si vestì come un vagabondo, raccogliendo alcuni stracci all'Esercito della Salvezza il giorno prima dell'inizio del ciclo di luna piena. Scelse un berretto, una felpa con cappuccio, jeans sbiaditi e stivali da combattimento, sapendo che la bestia li avrebbe strappati a tempo debito. Sapeva che la bestia poteva trovare un posto dove rifugiarsi, e si sperava che fosse un posto dove avrebbe potuto letteralmente nascondersi fino all'alba. Aspettò fino al tramonto, prendendo un treno per East Harlem e cercando un posto dove nascondersi vicino alle case degli spacciatori. C'era un vicolo intriso di urina e spazzatura dove trovò dei bidoni della spazzatura dietro cui sedersi. Chiuse gli occhi ed entrò in uno stato di sonnolenta meditazione fino a quando finalmente svenne.

Si ritrovò sotto il Manhattan Bridge la mattina dopo, vicino a un campo di vagabondi che era stato abbandonato per il giorno. Riuscì a prendere un paio di calzini, una camicia e dei pantaloni da una delle decine di bidoni lasciati dai senzatetto che si erano accampati lì. Tornò di corsa a Soho con i piedi doloranti, rendendosi conto per la prima volta di come fosse la vita di un uomo per le strade di New York senza un soldo.

I media proclamarono ciò che aveva fatto nella copertura vorticosa dell'evento. Si diceva che una banda rivale di drogati avesse attaccato i 137th Streeters durante la notte, facendoli a pezzi in un attacco feroce usando quelle che sembravano essere asce, coltelli e machete. L'episodio era stato così rapido che i testimoni fuori dall'edificio dissero che l'intera lotta era durata non più di un paio di minuti. L'ufficio del sindaco e la polizia di New York avevano condannato la ferocia dell'attacco e avevano assicurato al pubblico che la violenza delle bande a East Harlem stava per finire.

Poco dopo Mirjana Dragana si trasferì nel loft, e lui si innamorò immediatamente anche se sapeva che si trattava della Bella e la Bestia. Non avrebbe mai potuto far entrare qualcuno nella sua vita sapendo che la bestia si sarebbe frapposta per sempre tra loro. Eppure si avvicinò a Jana il più possibile, e mentre stava a guardare impotente la sua vita cadere nel caos, giurò che non avrebbe mai tollerato che qualcuno abusasse di lei o le facesse del male. Quando il suo legame con il crack divenne troppo familiare con lei e cominciò a comparire alla sua porta per prendersi delle libertà, arrivò la notte in cui lui e la sua banda dovettero rispondere. Fu in quella notte che Darko Lucic fece il collegamento e cominciò a guardare Steve Lurgan.

Ora si trovava a dover scomparire dalla vista del detective Lucic, e nel farlo, abbandonare l'amica che aveva giurato di non abbandonare mai. Sapeva che non sarebbe mai successo, e sperava solo, per il bene di Lucic, che lui, come tanti altri prima di lui, non si sarebbe messo nella posizione di fissare negli occhi il mostro dell'Abisso.

CAPITOLO QUATTRO

Il capitano Bojan Evilenko era stato il capo della Compagnia Z, un'unità di paracadutisti top-secret creata per ordine diretto del presidente Radovan Karadzic. Erano un'unità anti-insurrezionale assegnata a sterminare tutti i gruppi terroristici che operavano nelle montagne Sar vicino al Kosovo. Avevano vissuto alcuni dei combattimenti più brutali della guerra, poiché i militanti avevano preso ostaggi e li tenevano in cambio di un riscatto. Quando i soccorritori si avvicinavano, usavano gli ostaggi come scudi umani per fuggire più in profondità nelle montagne. La più grande preoccupazione dei serbi era per le voci che gli albanesi stavano sezionando gli ostaggi in laboratori nascosti, raccogliendo i loro organi e parti del corpo per venderli ai cinesi.

Evilenko aveva sentito le voci sul lupo mannaro delle Montagne Maledette, e aveva visto le prove delle sue depredazioni mentre lasciava cadaveri come nessun altro. Le truppe perdute erano già state uccise da animali selvatici, ma quelle che avevano incontrato il lupo mannaro erano state letteralmente fatte a pezzi. I segni dei morsi apparivano come squarci causati da trappole per orsi, che sapeva che sarebbe stato impossibile usare in quel modo.

Aveva avuto l'intuizione selvaggia nel mandare fuori il giornalista americano con una pistola caricata con proiettili d'argento in quella notte di luna piena di tanto tempo fa. Lui e i suoi amici non erano niente di eccezionale. Erano giovani sciocchi che andavano in giro a manomettere le leggende e le superstizioni del paese, e il più delle volte si imbattevano in bestie selvagge la cui ferocia perpetuava i racconti delle mogli. Solo il lupo mannaro era qualcosa che nemmeno i militari potevano confutare, e usare l'americano nell'ennesimo esperimento alla fine diede i suoi frutti.

Quando si era imbattuto nella bestia demoniaca ed era stato posseduto dal suo spirito, aveva caricato alla cieca nella natura selvaggia e si era diretto direttamente nella roccaforte nemica che non era lontana da Gusinje. Li fece a pezzi e si diresse direttamente nel bosco, dando a Evilenko l'opportunità di chiamare le forze di pace dell'ONU e riferire l'incidente. Le truppe del Nuovo Ordine Mondiale ripulirono ciò che rimaneva del plotone dell'UCK, poi salvarono Lurgan nel bosco la mattina dopo.

Evilenko seguì le informazioni appena acquisite e non solo localizzò la base dei ribelli, ma il laboratorio nascosto in una grotta di montagna. Aveva acquisito tutte le loro attrezzature mediche e informatiche, così come gli organi vitali e le parti del corpo accuratamente conservate e preparate per la spedizione. Contattò i cinesi e li informò che ora aveva lui il controllo e che gli affari potevano continuare come al solito, a patto che i pagamenti fossero fatti tutti a Evilenko attraverso un conto bancario svizzero. I cinesi non avevano avuto scelta e presero accordi per accogliere il loro nuovo partner d'affari.

Evilenko e i suoi uomini catturarono gli scienziati pazzi che stavano eseguendo le vivisezioni, e diedero loro un ultimatum per lavorare per i serbi sotto pena di morte orribile. Tutti avevano prontamente accettato, dato che erano stati costretti a lavorare per gli albanesi ben oltre i termini dell'accordo iniziale. Il capitano ordinò allora ai suoi uomini di continuare ad operare nello stesso modo in cui avevano fatto gli albanesi. Avrebbero riportato qui i loro prigionieri e li avrebbero consegnati agli scienziati per la raccolta prima dell'esecuzione. Non passò molto tempo prima che la macchina assassina funzionasse di nuovo alla massima capacità.

Una volta finita la guerra, Evilenko fu costretto ad avviare i piani di evacuazione, poiché sia il presidente Karadzic che il generale Mladic erano stati arrestati dal NWO e accusati di crimini contro l'umanità. Aveva fatto un accordo con i cinesi che lui e i suoi uomini, insieme agli scienziati, sarebbero stati portati via dal paese e forniti di documenti falsi che permettevano la loro emigrazione negli Stati Uniti. Il governo cinese, colludendo con l'organizzazione criminale Tong, facilitò il trasferimento attraverso gli sforzi del Ministero della Sicurezza di Stato[1]. L'intera operazione era stata trasferita dai Monti Sar alle Catskills nello stato di New York sotto le sembianze di una società cinese di programmazione e sviluppo di computer.

Il problema immediato di Evilenko e dei suoi uomini era l'inadeguatezza dei donatori dopo aver lasciato la zona di guerra. La loro soluzione fu di approfittare della situazione dei senzatetto a New York City, offrendo di trasferirli per programmi di ricerca in cambio di vitto e alloggio. Alcune delle vittime della truffa erano adolescenti scappati di casa, e quando si sospettò che fossero stati uccisi, entrarono in scena la Omicidi di New York e Darko Lucic.

La Tong aveva un'etnia cinese che lavorava nel Dipartimento, e furono in grado di accedere ai file riservati dei casi con l'aiuto di alcuni dei più abili hacker del pianeta nell'MSS. Entrati nei file della Omicidi, scoprirono che Lucic era stato assegnato al caso delle persone scomparse. Aveva scoperto che più di alcuni degli adolescenti scomparsi erano stati sepolti nelle Catskill Mountains, e che alcuni dei loro organi vitali erano stati rimossi chirurgicamente. La prova era stata aggiunta ad una compilazione in un crescente dossier sulla lingua cinese, che era sotto inchiesta da parte dell'INTERPOL per traffico di organi. Lucic, sapendo che l'UCK era stata una grande risorsa per la Tong in Kosovo, iniziò a concentrare la sua ricerca in quella direzione.

Quando i mercenari serbi seppero che Lucic stava tenendo d'occhio Lurgan, informarono immediatamente Evilenko. Il capitano era dotato di una memoria fotografica, ricordava Lurgan e le circostanze del loro incontro più di dieci anni prima. "Il destino ha proclamato che ci saremmo riuniti dopo essere sopravvissuti alla lotta brutale e all'inferno del Kosovo. Lo porteremo qui e lo faremo entrare nel Sacro Cerchio. Diventerà un Cavaliere Bianco dell'Impero Serbo, portando onore e gloria alla nostra razza e alla nostra nazione fino alla fine dei tempi".

Lasciando la Serbia, Evilenko e i suoi uomini si unirono a un movimento clandestino che giurava di proteggere e difendere il suo popolo contro i suoi nemici, in particolare i musulmani che continuavano a fomentare la rivoluzione in tutto il paese. Il capitano aveva mantenuto il suo grado nel gruppo militante e si era impegnato a inviare il dieci per cento delle entrate dell'operazione ai Cavalieri in cambio di asilo nel caso in cui fossero stati costretti a fuggire dall'America. Evilenko sentiva di aver pensato a tutto e si sarebbe sforzato di portare Lurgan all'ovile come suo specialista sul campo. Dopo quello a cui Evilenko aveva assistito nelle Montagne Maledette, sapeva che non c'era nulla che la Polizia di New York potesse fare contro di lui.

Darko Lucic sapeva che non avrebbe ottenuto nulla da Steve Lurgan a meno che non avesse prove concrete contro di lui. Anche se Lurgan era un giornalista, era stato in situazioni di combattimento per buona parte di un decennio e non si sarebbe piegato sotto pressione. Sapeva che Jana Dragana era il suo punto debole, ma non voleva ancora prendere quella strada. Detestava il tipo di poliziotti che operavano in quel modo. Aveva sempre pensato che fosse la via d'uscita del poliziotto pigro. Se un buon detective aveva messo all'angolo un sospetto in modo da trovarne il punto debole, c'era solo bisogno di ulteriore pressione e duro lavoro per far apparire altre crepe.

La Omicidi stava lavorando ad un'operazione sotto copertura su una banda della mafia russa sospettata di traffico di organi con la Tong cinese a Lower Manhattan. I russi stavano presumibilmente rapendo dei clandestini al porto di New York per mandarli in laboratori sotterranei per il prelievo di organi. Lucic aveva il presentimento che i serbi avrebbero probabilmente lavorato con i russi come meglio potevano. Nessuna delle due parti poteva permettersi di finire con persone in fila fuori dai loro laboratori per il trattamento. Erano solo a pochi passi dall'avere i federali coinvolti in un'indagine per omicidio seriale. Lucic e i suoi superiori non avevano dubbi che i cinesi avrebbero fatto di tutto per bruciare le prove che conducevano a loro.

Lucic e il suo partner, Benny Tracker, stavano cercando un delinquente serbo di basso livello che lavorava al porto vicino a Chinatown come allibratore e strozzino. Ilija Ljubica aveva servito nell'esercito sotto Ratko Mladic ed era fuggito per evitare l'indagine delle Nazioni Unite sui sospetti criminali di guerra. Emigrò negli Stati Uniti e si mise subito in contatto con altri veterani che avevano trovato lavoro con la mafia russa. Aveva scalato i ranghi grazie alla sua prestanza fisica e alla sua spietatezza nel trattare i conti in sospeso. I russi non gli avevano ancora offerto la piena adesione, ma si sentivano a proprio agio con lui che spostava grosse somme di denaro per loro.

Tracker era un portoricano di origine apache che aveva servito come marine in Iraq e non aveva problemi a muoversi per le strade di New York. Accostò la Ford Contour lungo il marciapiede vicino a dove Ljubica stava camminando per strada, e Ilija stava per tagliare la corda prima che Lucic mostrasse il suo distintivo dal finestrino del passeggero.

"Sali, facciamo un giretto e due chiacchiere", disse Lucic in serbo.

"Stronzate", disse Ljubica mentre era intento ad allontanarsi.

"Senti, possiamo farlo qui o alla stazione, in entrambi i casi", disse Lucic in un inglese di strada. Ljubica alzò le spalle e salì sul sedile posteriore della macchina.

"Hai visto questo tizio in giro?". Tracker disse a Ljubica mentre gli mostrava una foto 8x11.

"No. Mai", rispose, restituendogli la foto.

"Senti, non dirmi stronzate", Lucic la prese e la ributtò in grembo a Ljubica. "Forse non l'hai visto, ma so che lo stai cercando. Può identificare Evilenko, e probabilmente i suoi uomini migliori del Kosovo. Era sul poligono di Prokletije vicino a Gusinje con il capitano e i suoi uomini nel 1999, alla fine della guerra. L'ho messo sotto accusa per quegli omicidi di cani a East Harlem, e parla come un pappagallo sotto crack. Si sta preparando a collegare i punti tra la tua gente e la Tong cinese e quella carrozzeria che stanno gestendo nelle Catskill".

"Whoa, aspetta un secondo", Ljubica ridacchiò incredulo. "Stai cercando di etichettarmi molto lontano da casa. Accetto scommesse e presto soldi ogni tanto, ma non hai niente che mi colleghi a una carrozzeria o come la chiami tu".

"Vediamo cos'altro ho", Lucic si girò e appoggiò il mento sulle mani sopra lo schienale. "Ho il tuo uomo principale,

Mikhail Fetisov, che viene incriminato per riciclaggio di denaro ed evasione fiscale con quella falsa società di esportazione che ha creato a Montreal. Ho cinque dei suoi uomini migliori che stanno andando giù con lui, e quando comincerò a negoziare per la condizionale, scommetto che ti cederanno volentieri per avere un paio di anni di sconto sulla loro sentenza. Questo mette il tuo culo su una barca per tornare a casa, dove ti mandano all'Aia con l'accusa di crimini di guerra".

"Non credo proprio che sarà così facile", Ljubica scosse la testa sorridendo.

"Forse no, ma in questo momento sei la migliore pista che ho e io sono l'unico amico che hai. Lurgan tiene al guinzaglio della gente pericolosa e devo sapere come posso toglierlo dalla strada. Devi dirmi perché Evilenko sta cercando Lurgan".

"Non stanno cercando l'uomo che controlla la bestia. Stanno cercando la bestia stessa".

"Quindi credono che la bestia sia un uomo? Quanto mi credi stupido?"

"Non ha importanza ciò che si crede. Chiunque vivesse nei pressi delle Montagne Maledette vicino ai Labirinti dell'Inferno sapeva della bestia che veniva dall'abisso. Ha preso le anime degli uomini per centinaia di anni, finché un giorno arrivò un uomo e distrusse la bestia. Divenne posseduto dal demone e portò via lo spirito della bestia in una terra straniera. Evilenko ha trovato la bestia e ora vuole controllare il suo potere".

"Di cosa sta parlando questo tizio?" Tracker si rivolse a Lucic. "Cosa sta fumando?"

"Ok, questo è vero", parlò di nuovo Lucic in serbo. "Stai cercando di dirmi che Evilenko pensa davvero che Lurgan sia un lupo mannaro".

"Sai, vivi in un'epoca in cui le forze aeree di tutto il mondo avvistano gli UFO, in cui i serial killer bevono il sangue delle loro vittime e la gente ne ricostruisce altre con parti del corpo dei morti", Ljubica era derisorio. "Tutte le superstizioni del passato vengono dimostrate come fatti in questo secolo. Cosa rende così difficile pensare che un uomo con un disturbo della personalità non possa manifestare le qualità di un animale selvatico? Non ci vuole un grande sforzo di immaginazione per pensare che un uomo del genere possa essere utilizzato all'interno di organizzazioni specializzate".

"Prima parli di bestie e di abissi, ora parli di disturbi della personalità. Devo sapere cosa dice Evilenko".

"Non ho mai incontrato Evilenko, so solo quello che la sua gente vuole far sapere agli altri. Sa che Lurgan vive da qualche parte qui a Manhattan e vuole parlare con lui. Crede nel potere della bestia. Se pensa che ci sia un mostro vivente non lo so".

"Beh, il capitano vi ha certamente rifilato delle stronzate", Lucic tornò all'inglese a beneficio di Tracker. "Guarda, questo è il mio biglietto da visita. Tu chiamami se scopri qualcosa su Evilenko che contatta Lurgan e viceversa. Tu mi fai questo favore e io ti faccio sapere quando sono pronti a dare il colpo di grazia a Fetisov".

"Riuscirai a tirarmi fuori dai guai?" chiese mentre scendeva dalla macchina.

"No, ma ti faremo sapere quando sarà il momento di lasciare la città", gli assicurò Lucic prima che partissero.

"Allora, di cosa si trattava? si chiedeva Tracker mentre tornavano verso la Police Plaza vicino al Municipio.

"Un mucchio di stronzate del vecchio paese", disse Lucic in modo teso. "Hanno una mano sulla tastiera e l'altra sul crocifisso. Ti ho detto di tutte quelle superstizioni in cui Lurgan è rimasto invischiato vicino al Kosovo. Ancora oggi la gente vicino a Gusinje parla dell'americano che è andato sulle montagne e ha ucciso il lupo mannaro. Scommetto che

Evilenko sta cercando di usare queste superstizioni a suo vantaggio qui".

"Chi crederebbe a questa merda?" Benny sorrise.

"Praticamente ogni immigrato che entra di nascosto in questo paese, e più di qualcuno che è qui da un po'. Ogni paese ha le sue vecchie storie di possessione demoniaca. Inoltre, hai un *brujo*, o un *miali*[2], o anche un prete cattolico in ogni isolato pronto a sostenerle. Evilenko userà Lurgan per imporre il suo codice del silenzio, a meno che non arriviamo prima noi a Lurgan e gli facciamo vedere le cose a modo nostro".

"Andare da Lurgan? Non hai il suo indirizzo?"

"Si è volatilizzato la settimana scorsa", disse Lucic fissando fuori dal finestrino l'orizzonte di Manhattan mentre imboccavano l'autostrada. "Nessuno sa dov'è, nemmeno la vicina di casa per cui ha una cotta. Il suo contratto d'affitto è pagato per tutto l'anno, quindi torna quando ne ha voglia. Non posso sorvegliarlo sulla base di un'intuizione. Posso solo sperare che se non lo trovo io, non lo trovi neanche Evilenko".

Steve Lurgan aveva sentito che c'erano un paio di serbi che chiedevano di lui, e chiamò immediatamente Jana dicendole che sarebbe stato fuori città per un paio di settimane per valutare un'offerta di lavoro sulla West Coast. Steve le disse che aveva fatto un bel po' di soldi in Serbia durante la guerra e che viveva ancora con le royalties che gli venivano pagate per le foto esclusive che aveva scattato. I suoi risparmi e i suoi investimenti si erano esauriti col tempo, e alla fine avrebbe dovuto tornare a lavorare per rinnovare il suo contratto d'affitto. Non sapeva se Jana avrebbe tradito la confidenza e avrebbe spifferato i suoi panni sporchi davanti a degli estranei, ma certamente avrebbe coperto le sue tracce se lo avesse fatto.

Affittò una stanza in una bettola di Bowery, una delle poche ancora esistenti, e portò il tipo di zaino che si portava dietro durante i suoi viaggi attraverso la Serbia. Decise di tenere un basso profilo e andare in ricognizione nel suo loft per qualche giorno per scoprire chi lo stava cercando e per quale motivo. Non era in debito con nessuno dai suoi giorni in Kosovo e non si aspettava che nessuno venisse a cercarlo. L'unica cosa che poteva immaginare erano i cacciatori di taglie che cercavano uno qualsiasi degli uomini ora elencati come criminali di guerra. Non aveva niente da dire loro, ma voleva essere pronto per qualcuno che sarebbe venuto a insistere per farlo.

Mancavano un paio di settimane alla luna piena, ed era una scadenza seria come quella di un uomo che aspetta la data della sua esecuzione. Non c'era modo di aggirarla, non c'era modo di intossicarsi, sedare, legarsi o rinchiudersi. Non avrebbe mai dimenticato di essersi incatenato con un prodotto a maglie di titanio, solo per trovarlo rotto quando tornò il giorno seguente nel luogo dove si era rinchiuso. Doveva portare la bestia il più lontano possibile dalla civiltà, per evitare che facesse quello che aveva fatto quando si era trovato di fronte agli spacciatori solo poche settimane prima. Era qualcosa che era molto, molto lontano dall'essere in grado di controllare.

Considerò l'idea che quella dannata cosa sembrava essere indistruttibile. Se non fosse stato per il mostro attaccato, sarebbe stata una vera benedizione per qualcuno con un handicap o una malattia incurabile. Si rese conto che molte delle sue malattie e difetti genetici erano scomparsi nel tempo, e molte delle sue qualità fisiche erano migliorate negli ultimi dieci anni. Aveva un paio di cavità stenopeiche che erano scomparse, cicatrici della sua infanzia che erano scomparse, e altre piccole cose come non avere mai mal di testa, raffreddori o influenza. Se ci fosse stato un modo per attingere a questa cosa, avrebbe potuto curare il cancro. Si sarebbe consegnato molto tempo fa, ma era probabile che lo avrebbero rinchiuso per il resto dei suoi giorni, come un omino verde di un disco volante atterrato nel New Mexico.

Una cosa che lo spaventava veramente era il pensiero che se qualcuno avesse scoperto la maledizione, avrebbe potuto usare la conoscenza del ciclo di luna piena a proprio vantaggio. Se volevano arrivare a Jana per qualsiasi motivo e sapevano che lui era in pausa durante il ciclo, non avrebbe potuto fare un bel niente. Aveva programmato il suo attacco agli spacciatori in modo da tornare dal nord nell'ultimo giorno del ciclo. In seguito aveva passato notti insonni a chiedersi cosa sarebbe potuto succedere se avesse sbagliato i calcoli in qualche punto.

Cadde in uno stato d'animo malinconico mentre rifletteva sul fatto che era, in effetti, come un cane randagio, essendo stato cacciato da casa sua per le strade. Poteva solo sgattaiolare in Prince Street da lontano e guardare i suoi vicini entrare e uscire dal suo palazzo. Guardava con trepidazione gli estranei che passavano, preoccupato che uno di loro fosse di quelli che lo stavano cercando. Sperava che non mettessero Jana contro di lui con offerte di denaro o droga. Sarebbe stato un tradimento con cui non sarebbe stato capace di vivere.

Tutta la sua vita era stata messa in subbuglio dopo aver lasciato la Serbia. Se ne rese conto più che mai, come se il caos della guerra fosse come una macchia sulla sua anima che non sarebbe mai andata via. Non era solo la bestia, come se non fosse più che sufficiente, ma tutte le implicazioni come la sua solitudine e la sua incapacità di condividere il suo fardello o discutere la sua situazione con qualcuno. Aveva sofferto tanto quanto qualsiasi soldato che aveva combattuto in guerra, e stava pagando un prezzo più alto di quanto chiunque potesse mai immaginare.

Sperava solo che la morte non fosse l'unica soluzione per togliere il dolore.

CAPITOLO CINQUE

Se Jana Dragana avesse saputo del tumulto interiore di Steve Lurgan, si sarebbe chiesta se il demone che lo tormentava fosse molto peggio di quello che perseguitava lei. Avrebbe sostenuto che almeno il suo demone lo tormentava solo durante il ciclo di luna piena. Non veniva da lui ogni singolo giorno.

Stava lottando con forza per superare la sua dipendenza dal crack. Era stata una ragazza ostinata fin dalla sua giovinezza, fiduciosa nella sua bellezza naturale e nello spirito per superare gli ostacoli nella sua vita. Crescere in Bosnia l'aveva esposta alle tensioni razziali ed economiche, anche se il suo aspetto l'aveva aiutata a evitare la maggior parte delle insidie di cui i suoi amici erano spesso vittime. Sapeva che doveva lasciare la Serbia se voleva costruirsi un futuro, e alla fine emigrò nella Repubblica Ceca dove ha imparato una nuova lingua e migliorato il suo inglese. Da lì aveva iniziato a fare la modella e si era fatta strada verso l'Inghilterra. Ci vollero un paio d'anni prima che risparmiasse abbastanza per attraversare l'Atlantico, e New York City diventò la sfida della sua vita.

All'inizio era sulla cresta dell'onda, quando aveva firmato

con un'agenzia di modelle e aveva ricevuto abbastanza incarichi ben pagati da pagare un anno di affitto in un loft di Prince Street a Soho. Solo il suo ego si mise in mezzo, mentre le persone che parlavano bene cominciarono a guidarla nella corsia di sorpasso. Le assicuravano che la sua bellezza l'avrebbe certamente portata a Hollywood, e la invitavano a feste esclusive che le facevano sentire che stava raggiungendo quel livello successivo. Solo le droghe erano destinate a spezzare la sua volontà, e la sua mancanza di discernimento la portò a essere coinvolta con spacciatori di strada che iniziarono a condurla in un vicolo cieco di dipendenza.

La connessione fornita dal suo agente alla Unchained Productions era un certo Rocco Friddi, che era uno spacciatore di crack di medio livello ed era noto per approfittare delle donne tossicodipendenti a corto di fondi per sostenere la loro dipendenza. Fu proprio nel periodo in cui fece amicizia con il suo vicino di casa, Steve Lurgan. Steve era un bell'uomo che sosteneva di essere un fotoreporter che viveva dei suoi guadagni per la copertura della guerra in Serbia. Era molto riservato ma amichevole, e non andava oltre qualsiasi informazione lei gli desse. Rocco e Steve non sembravano piacersi, ma rimasero rispettosi l'uno dell'altro fino al giorno in cui Rocco scomparve dalla sua vita.

Telefonò al suo agente e chiese se avesse avuto notizie di Rocco, e la risposta fu che era stato ucciso ma nessuno sapeva cosa fosse successo. Non osò chiedere altre referenze, e le vibrazioni che stava ricevendo indicavano che una tale richiesta non sarebbe stata gradita in quel particolare momento. Cominciò a bere pesantemente per placare le sue voglie, e il suo agente intuì cosa stava succedendo quando non ebbe sue notizie. Si mise in contatto con Kane North, facendogli conoscere la sua pagina web e dicendogli quanto fosse sexy. Prese due piccioni con una fava collegando Jana con North, ma ora Kane era morto e Jana stava andando di nuovo in astinenza da crack. Il suo agente si stava chiedendo se doveva darla per spacciata.

Jana si sentiva senza speranza ora che il suo spacciatore era morto, il suo produttore era sparito e il suo amico Steve aveva lasciato la città. Il pensiero di trovare un lavoro regolare era ridicolo, ma si stava chiedendo se questa fosse la sua unica opzione. Le erano rimaste solo poche centinaia di dollari di risparmi, che avrebbero a malapena coperto le spese del mese. Navigava in Internet senza sosta per giorni e giorni, ma tutte le richieste via e-mail venivano rifiutate non appena le inviava.

In quel particolare pomeriggio sentì bussare alla porta e alla fine aprì al suono di un accento serbo. Ilija Ljubica si presentò come rappresentante della Herzegovina Programming Solutions, uno sviluppatore di software high-tech fuori dalle Catskills a nord di New York. La informò che avevano ottenuto le sue informazioni da un'agenzia di modelle che lei aveva contattato. HPS stava cercando qualcuno che occupasse una posizione di segretaria esecutiva. La candidata ideale sarebbe stata abile nel lavoro d'ufficio e nel trattare direttamente con i clienti come rappresentante dell'azienda. Le sue abilità di modella sarebbero state un forte attributo, ed erano certi che le sue abilità amministrative sarebbero state migliorate con la formazione e l'esperienza.

"Questa è una notizia meravigliosa", esclamò mentre portava a Ljubica una tazza di caffè. Era molto colpita dal contegno militare dell'uomo, dal suo aspetto robusto e dal suo modo di esprimersi. "Ero così preoccupata di trovare qualcosa. Naturalmente, il mio primo amore è fare la modella, e sono sicura che lei sa che la mia agenzia sta cercando di trovare una posizione che favorisca la mia carriera".

"Il mio datore di lavoro l'aveva previsto, e mi ha autorizzato ad offrire centomila dollari come stipendio annuale", ha risposto

Ljubica. "Se accetta l'offerta, il primo assegno sarà depositato elettronicamente sul suo conto bancario. La pagheremo mensilmente il primo del mese. Avrà anche vitto e alloggio a spese della Compagnia".

"Lavorerò nei fine settimana?", chiese. "Non vorrei lasciare completamente la zona di Manhattan, con questo appartamento e tutto il resto".

"Credo che il proprietario della Compagnia voglia incontrarla per finalizzare l'accordo e rivedere i minimi dettagli. Alloggia al Waldorf, posso darle il suo numero così può fissare un colloquio".

Dopo che Ljubica se ne andò, Jana chiamò immediatamente il numero sul biglietto da visita. Raggiunse una delle segretarie che prese le sue informazioni e confermò l'appuntamento per le sei del pomeriggio di quella sera. Camminava sulle nuvole mentre indossava uno dei suoi abiti da lavoro più belli e si preparava per l'appuntamento. Pensò che anche dopo le tasse, avrebbe dovuto essere in grado di prelevare più di mille dollari a settimana dal suo conto. Sarebbe stato sicuramente sufficiente a tenerla a galla fino al suo prossimo lavoro di modella o di attrice. Non poteva aspettare che Steve tornasse. Sapeva che lui non rispondeva mai al suo cellulare, se lo portava con sé. Sperava che sarebbe tornato prima che lei si dirigesse a nord. Se non fosse tornato per allora, avrebbe infilato una lettera sotto la sua porta.

Arrivò all'elegante hotel e fu informata dal direttore che il suo gruppo la stava aspettando alla Bull and Bear Steakhouse nel complesso dell'atrio. Si precipitò dal maître, che la accompagnò a un tavolo sul retro del ristorante oscurato e rivestito di legno, dove la attendeva il suo benefattore.

"Buonasera", lui si alzò e le strinse la mano, baciandola come si usava nel vecchio paese. "Sono Zora Vlasic. Sono l'amministratore delegato e presidente esecutivo di HPS. Prego, si accomodi. Vuole qualcosa da bere?"

Vlasic era alto un metro e ottanta per novantacinque chili di muscoli sinuosi. I suoi capelli brizzolati si stavano ritirando, i suoi baffi e il pizzetto erano ben curati. Indossava un abito firmato da mille dollari che era stato meticolosamente adattato alla sua corporatura atletica. I suoi occhi blu ribollivano di energia mentre guardava intensamente Jana dall'altra parte del tavolo nell'angolo. Jana ordinò un tè freddo, avendo imparato molto tempo fa che non bisogna mai mischiare l'alcol con gli affari. Le persone al potere tendevano a guardare dall'alto in basso i subordinati che lo facevano, e lei non avrebbe fatto quell'errore con quest'uomo.

"Non sono sicuro di quanto il signor Ljubica le abbia detto della Compagnia", piegò le mani sul tavolo. "Abbiamo avuto una rapida espansione dopo la guerra, che ci ha permesso di sviluppare i nostri contatti con altre aziende dell'Unione Europea. Fortunatamente, siamo stati in grado di espandere la nostra rete per includere corporazioni in Russia e Cina, e ci hanno aiutato a migliorare significativamente la qualità dei nostri prodotti. Ora siamo molto competitivi sia in Europa che qui negli Stati Uniti, e contiamo sulle vendite personali per aiutarci a guadagnare terreno sui leader del nostro settore".

"Sembra molto eccitante. Non vedo l'ora di contribuire in ogni modo possibile".

"Ci aspettiamo che i potenziali clienti facciano visite personali al nostro quartier generale per vedere com'è l'azienda", disse Vlasic. "Avremmo bisogno di una giovane donna con personalità, abituata a interagire con i clienti e a fare un'impressione favorevole. Sono sicuro che lei andrà benissimo".

Vlasic la informò che le avrebbe inviato per e-mail la domanda e i moduli fiscali da restituire, e che qualcuno della sede centrale di Catskill l'avrebbe contattata il giorno dopo. Le avrebbero dato tutti i dettagli per quanto riguardava l'organizzazione del viaggio e l'alloggio, in modo che potesse iniziare a lavorare lunedì. Avrebbe anche avuto i fine settimana liberi, a meno che un evento non richiedesse la sua presenza, nel qual caso il suo stipendio sarebbe stato adeguato di conseguenza.

Jana lo ringraziò profusamente prima di andarsene, e Vlasic rimase indietro a lavorare sul portatile e su un portfolio che aveva portato con sé. Rimase solo per un po' di tempo prima di essere raggiunto da un nuovo arrivo.

"L'ho vista andar via pochi minuti fa, capitano", Ilija Ljubica prese posto dove era stata poco prima Jana. "Presumo che tutto sia andato secondo i piani. Sembrava molto entusiasta".

"Sono d'accordo", rispose Bojan Evilenko in serbo. "Sono abbastanza sicuro che quando Lurgan uscirà dal nascondiglio e scoprirà che lei è partita per le Catskill, troverà il modo di seguirla lassù per assicurarsi che stia bene. Una volta arrivato, lo intercetteremo e lo porteremo al nostro quartier generale dove faremo la nostra proposta".

"La mia unica preoccupazione sarebbe quel maledetto poliziotto, Lucic", disse Ljubica inarcando un sopracciglio. "Quel bastardo ficcanaso mi ha beccato per strada a Chinatown ieri sera. È sulle tracce di Lurgan, sta cercando di collegare quegli omicidi di cani al suo pedinamento. Se stai cercando di portare Lurgan con i Cavalieri, forse è meglio che lo porti fuori dalla Città e lontano da Lucic. Poliziotti come quello sono come il catrame bollente. Una volta che ti arrivano addosso sono quasi impossibili da rimuovere".

"In questo mestiere ho imparato che tutti sono utili", sorrise Evilenko. "Anche i nani albanesi hanno parti riutilizzabili".

I due uomini condivisero una risata.

Steve Lurgan era a circa cinque miglia da dove Jana si era congedata da Bojan Evilenko. Era passato davanti al loft in Prince Street e aveva visto che Jana aveva lasciato accesa la sua piccola lampada nel soggiorno del suo appartamento al secondo piano, il che significava che probabilmente era uscita. Non aveva idea che Darko Lucic lo avesse fatto fino a quando la Contour blu notte non si fermò sul marciapiede accanto a lui.

"Sembra che tu ti sia perso", chiamò Lucic dal finestrino del passeggero. "Ti do un passaggio?"

"No, sto bene", lo salutò Steve.

"Sali."

Steve si sedette con riluttanza sul sedile posteriore, e Benny Tracker partì per un piacevole giro per la città.

"Come sta la tua ragazza? Hai avuto sue notizie ultimamente?"

"No, non l'ho vista. Non è la mia ragazza, te l'ho già detto".

"Pensiero illusorio, eh? Perché non ti rilassi? È una bella serata".

"Beh, era fantastica finché non sei arrivato tu", grugnì Steve.

"Ehi, Benny, accosta. Perché non prendi un caffè per tutti?"

"Sì, signore. Posso massaggiarti il culo quando torno?".

"Certo", Lucic scattò mentre Tracker parcheggiava la macchina e si dirigeva verso una vicina rosticceria.

"Non hai qualche spacciatore o pappone con cui puoi scopare?" Steve era esasperato.

"No, negli ultimi giorni ho rotto le palle agli strozzini", replicò Lucic. "Un tizio di nome Ilija Ljubica. Sergente della prima fanteria sotto il generale Mladic. Ne hai sentito parlare?"

"Andiamo, pensi che abbia passato il mio tempo libero laggiù a memorizzare nomi, gradi e numeri di serie?"

"Questo tizio potrebbe interessarti. Penso che potrebbe scopare con quella ragazza su cui hai messo gli occhi".

"Sai, sei così pieno di merda, Lucic. Se non mi porti in centro allora me ne vado".

"Ok, senti questo. Ljubica è un infimo della mafia russa, ma è ancora legato a Bojan Evilenko del Vecchio Continente. Era su per vedere Jana, l'abbiamo seguito e l'abbiamo pedinato fino al Waldorf un paio d'ore dopo. È venuto fuori che si è presentata lì circa mezz'ora dopo Ljubica. Benny è entrato e si è guardato intorno, e lei era seduta in un tavolo del Bull and Bear con Evilenko".

"Bastardi", gli occhi di Steve si annebbiarono mentre si allontanava da Darko, fissando fuori dalla finestra senza vedere.

"Perché non ti dimentichi di lei, Lurgan? Non sei un uomo stupido e non sei ingenuo. Hai girato il mondo. Lei è persa, non puoi salvarla da se stessa. Esci dall'etere e allontanati, guardala dall'esterno per una volta. Delle persone hanno perso la vita a causa sua. Non mi importa se lo meritavano o no, sono comunque morti prima di avere la possibilità di rimediare. Nessuno - nessuno - ha il diritto di togliere la vita a un uomo finché non ha l'ultima possibilità di rimediare. Se Jana sta facendo morire delle persone, devi allontanarti da lei".

"Io la amo, Darko. So cos'è. La amo. Non posso smettere di amarla".

"Quindi lascerai che Evilenko la usi contro di te. Lascerai che ti manipoli per permettergli di avvicinarsi a quella tua connessione con la bestia ".

"Non permetterò che succeda niente a Jana", Steve era determinato.

"Ok", ribatté Darko. "Se ti fai da parte e lasci che Jana faccia il collegamento con la bestia, allora io vado a cercare Evilenko".

"Non puoi andare contro Evilenko", lo ammonì Steve. "Non puoi vincere".

"Non mi stai dando scelta, Steve".

"Hai ficcato il naso nei miei affari, quindi proviamo a fare il contrario. Tutto quello che hai su Evilenko sono dicerie e pettegolezzi. Non ci sono testimoni di quello che ha fatto in Serbia, sono tutti morti. Non ci sono accuse, né mandati di cattura per lui. Se è qui con tutti quei soldi in tasca, li sta ricevendo da un grande sostenitore, molto probabilmente i cinesi o i russi. Senti, perché pensi che abbia lasciato Soho per affittare una stanza a Skid Row? Sapevo che questi tizi volevano parlare con me, e sto cercando di non farmi notare finché non scopro il perché. Apprezzo che tu mi abbia avvisato di Jana, ma è una cosa tra me e chi mi sta cercando. Se è Evilenko, lo incontrerò alle mie condizioni e nei tempi che preferisco. Tu non hai niente da fare qui. Se cominci a intrometterti, l'unica che si farà male è Jana".

"Penso che tu sia un bravo ragazzo che si è trovato invischiato in qualche brutto affare", ammise Darko. "Se ti ricordi, la nostra ultima conversazione riguardava il collocarti vicino a quei due omicidi di cani. Anche tu non sei esattamente fuori dall'acqua calda. Ora c'è Evilenko che ti sta cercando, e dal mio punto di vista non si mette molto bene".

"Cosa vuoi fare, Darko? Continuare a tormentarmi, a pedinare Jana, e tirare fuori la tua fionda per inseguire Evilenko?". Steve si fece irascibile. "Se fossi nei tuoi panni, cercherei di capire perché quegli spacciatori sono stati uccisi, invece di trovare il modo di inserire degli addestratori di cani nella tua accusa. Ti dirò, sembrerà piuttosto stupido quando avrà una coppia di Doberman Pinschers seduti sul banco dei testimoni. Sembrerà qualcosa uscito dal *Processo di Lassie*, secondo me".

"Sorveglierò Evilenko", lo avvertì Lucic scendendo dalla macchina. "Se tu e Jana siete in mezzo, vedrò anche voi due".

"Ehi, sono i soldi dei contribuenti", concluse Steve chiudendosi la portiera alle spalle.

"Ehi, non vuoi il tuo caffè?" Tracker lo chiamò, tenendo in

mano la grande borsa di caffè e ciambelle mentre tornava al veicolo.

"Dagliele", Steve lo salutò, attraversando la strada. "Probabilmente starà sveglio tutta la notte".

Sia Steve che Darko sapevano che si sarebbero rivisti molto presto.

CAPITOLO SEI

Darko Lucic si sentiva come se avesse la maggior parte dei pezzi del puzzle davanti a sé, ma avesse difficoltà a farli combaciare per vedere il quadro generale.

Gli sembrava che gli omicidi dei cani fossero solo la punta dell'iceberg. Sapeva che non aveva nulla su Lurgan. Non c'era giuria che avrebbe guardato storto un uomo che, come aveva chiaramente indicato, forse non aveva mai posseduto un cane in vita sua. Era l'intera faccenda del serbo che gli stava facendo saltare la catena. Steve che conosceva Jana, che si era improvvisamente legata a Evilenko tramite Ljubica, era una strana coincidenza. Sapeva che Evilenko era l'amministratore delegato della HPS, che era una delle maggiori aziende della zona dove erano stati uccisi i ragazzi scappati di casa nelle Catskill. La polizia di Catskill aveva dato l'allarme rosso in tutta la zona e aveva incontrato gli imprenditori locali per chiedere il loro aiuto nelle indagini. Quando ha visto il nome di Evilenko sui rapporti, è stata una bandiera rossa che gli ha fatto pensare a Jana e Steve.

Era ovvio che chiunque avesse sezionato quei bambini aveva una struttura medica nascosta da qualche parte nella zona di New York. Non avrebbe avuto senso per loro rapire i bambini a Manhattan, aprirli fuori dallo Stato e poi abbandonare i corpi nel nord di New York. Era una possibilità remota che poteva essere stata progettata per depistare le autorità, ma Darko non ci credeva. Era un'esagerazione per una banda che sarebbe andata dentro per mille anni se fosse stata colta in flagrante.

Il mercato nero degli organi sembrava essere l'onda del futuro, in particolare nei paesi del Terzo Mondo dove la vita costava poco e le economie erano in condizioni disastrose. C'erano rapporti di persone di Delhi in India che erano state rapite, drogate e a cui erano stati rimossi i reni prima di essere ributtati in strada. Un giro di mercato nero in Sudafrica aveva reclutato donatori dalle strade del Brasile, dove la gente veniva pagata 10.000 dollari per organi che venivano venduti a Johannesburg per 100.000 dollari. C'era stato anche un caso che coinvolgeva la Biomedical Tissue Services di New York, che comprava organi da imbalsamatori locali sconosciuti alle famiglie dei deceduti. Era un buon affare, e con l'aumento della ricerca sui trapianti, non sembrava che la domanda sarebbe diminuita presto.

La sua ricerca indicava che c'era stata un'operazione simile vicino alle montagne Sar in Kosovo durante la guerra serba. Gli insorti albanesi avevano presumibilmente organizzato l'operazione, e si diceva che centinaia di ostaggi presi durante i combattimenti fossero stati uccisi per i loro organi fino alla fine della guerra. Si diceva che i cinesi fossero il mercato principale dell'operazione, ma una volta finita la guerra non si era trovata traccia di un simile giro, quindi non ci fu mai un'indagine.

Sapeva che il soprannome di Evilenko in Serbia era la

Bestia delle Montagne Nere, ma questo era lontano dalle Montagne Maledette, che sarebbe stato più appropriato. Aveva ottenuto quel soprannome per aver annientato i ribelli albanesi nella regione e per non aver fatto prigionieri in combattimento. Si diceva che avesse ordinato il massacro di un certo numero di villaggi nella zona, ma non ci furono mai sopravvissuti e gli attacchi furono attribuiti a gruppi militanti che vendicavano omicidi perpetrati da musulmani contro i cristiani serbi.

Anche il presunto coinvolgimento di Evilenko con i Cavalieri Bianchi Serbi era interessante. Erano un gruppo suprematista dedicato al mantenimento preventivo della razza e della nazione serba, della sua società e cultura. Se Evilenko stava contribuendo al gruppo, probabilmente avevano un posto sicuro per lui dove atterrare se mai fosse dovuto fuggire dall'America. Probabilmente stavano anche condonando qualsiasi cosa facesse per mettere i soldi sul loro tavolo. Non avrebbe cambiato la natura di Evilenko, ma gli avrebbe dato una leva in più per guadagnarsi la devozione dei suoi seguaci.

È qui che l'interesse per Steve Lurgan cominciò ad inserirsi. Se Steve aveva assistito all'uccisione dei cani e sapeva chi li aveva fatti uscire, allora Evilenko era in ottima posizione per prendere contatto e offrire un accordo con gli assassini. Sarebbe stato meno probabile che qualcuno offrisse informazioni che portassero all'arresto dei rapitori se avesse pensato che qualcuno in cambio gli avrebbe messo addosso dei cani assassini. Darko cominciava a dubitare che Steve avesse qualcosa a che fare con questo, ma ciò non significava che Evilenko provasse lo stesso.

Un omicidio è un omicidio, e la polizia di New York avrebbe rintracciato chiunque avesse tolto una vita umana. Dal punto di vista di Darko, strappare i ragazzi dalla strada solo perché erano scappati da casa o non riuscivano a trovare un posto dove stare era altrettanto brutto che strapparli dal campus. All'Accademia avevano sempre insegnato che ogni essere umano era amato da qualcuno, e quindi aveva bisogno di essere salvato. Quando pensava alle famiglie che avevano sopportato il dolore di scoprire che i loro figli erano stati portati al nord e fatti a pezzi per i loro organi, si sentiva male.

Aveva capito che il suo unico legame con Evilenko era Ljubica. Non voleva fargli pressioni eccessive perché poteva facilmente andare in malora, soprattutto alla luce delle incriminazioni pendenti dei suoi legami con la mafia. Eppure era risaputo che Ljubica era uno che guadagnava bene, e non se ne sarebbe andato lasciando i suoi clienti a farsi fregare da un allibratore rivale o da uno strozzino, a meno che non avesse avuto altra scelta. Avrebbe dovuto consegnare Ljubica in qualche modo, e il trucco sarebbe stato quello di mettere qualcosa in più sul gancio oltre all'avvertimento anticipato che i russi stavano per friggere.

Lucic e Tracker andarono a Chinatown e affrontarono Ljubica, che disse di avere alcune informazioni in cambio dell'immunità in qualsiasi processo contro la mafia russa. Disse loro che si sarebbe incontrato con loro in un punto d'incontro a mezzanotte, in modo da non essere visto dai suoi soci con i poliziotti. Lucic accettò prontamente, rendendosi conto che questa poteva essere finalmente la grande svolta che lo avrebbe aiutato a risolvere il caso e a ottenere finalmente un bel lavoro d'ufficio lontano dalla puzza della strada.

Jana Dragana era tornata al suo appartamento per fare le valigie, e aveva scritto una lettera a Steve Lurgan come riflessione. Era preoccupata per il suo benessere e sperava che le cose andassero bene per lui in California. Cominciò a rendersi conto che ci teneva davvero a lui, e si era trovata fisicamente attratta da lui dal primo momento in cui si erano incontrati. Dopo averlo conosciuto, scoprì che era un uomo sensibile e intelligente, il tipo di uomo che aveva sempre sperato di incontrare e con cui avrebbe avuto una relazione un giorno. Lui le aveva detto che aveva una professione ben pagata, e lei non ne dubitò, considerando il tipo di affitto che pagavano e il fatto che lui non aveva lavorato regolarmente da quando lo aveva conosciuto. Sapeva che usciva per incarichi di tanto in tanto, e sembrava essere il tipo di orario di lavoro che era sia redditizio che comodo.

Aveva una sua ricerca di visione e la immaginava sulla copertina delle riviste internazionali un giorno, ma non era contraria ad avere qualcuno di speciale nella sua vita che l'aspettasse alla fine dell'arcobaleno. Aveva evitato di avere una relazione in Europa, perché sapeva che un certo istinto da macho avrebbe trasformato la maggior parte dei fusti in trogloditi che tirano i capelli quando l'idea di lasciare il paese in cerca di fama e fortuna veniva introdotta. Quando venne in America, si rese conto che sarebbe stato più un processo di manipolazione in cui il maschio dominante avrebbe agito alle sue spalle e tagliato i suoi legami per costringerla alla docilità. Steve, lei credeva, non era quel tipo di uomo.

Infilò la lettera in una busta sotto la sua porta e fu sorpresa quando Steve aprì bruscamente la porta. Lei lo guardò sulla difensiva prima di condividere una risata mentre lui le dava una mano e la tirava in piedi.

"Beh, ciao, straniero. Quando sei arrivato?"

"Un po' di tempo fa", rispose lui, facendosi da parte e facendole cenno di entrare. "Diciamo che vado e vengo. Ho un incarico al confine canadese. Volerò fino alle cascate del Niagara e poi a Vancouver. Mi piacerebbe molto che tu venissi con me, se hai tempo".

"Perché, è molto carino da parte tua, Steve", disse lei a

tentoni, colta alla sprovvista dall'offerta. "Stavo giusto per fare le valigie, per questo ho lasciato quel biglietto. Ho trovato lavoro in una società di ricerca software a Catskill. Lavorerò lì durante la settimana e tornerò a casa nei fine settimana".

Lui si offrì di fare il caffè e lei accettò con gratitudine, sedendosi sul divano mentre lui si dirigeva all'angolo cottura. Lui ascoltò in silenzio mentre lei gli raccontava delle sue infruttuose ricerche di lavoro su Internet, e di come aveva ricevuto una chiamata all'improvviso per una raccomandazione che l'aveva condotta a Zora Vlasic.

"Hai fatto qualche ricerca sull'azienda?", chiese Steve. "Sai, solo per assicurarmi che l'azienda sia solvibile e che saranno in grado di pagarti".

"Beh, non ancora", ammise lei dolcemente. Poteva dire dalla sua voce che stava andando sulla difensiva, e non era quello che lui voleva.

"Non voglio vederti andare fino in fondo e rimanere delusa", disse, dopo aver caricato la caffettiera e spinto il pulsante per versare l'acqua bollente. "Sai, Jana, negli ultimi anni, da quando sono tornato dalla Serbia, sono stato piuttosto riservato. Forse ha qualcosa a che fare con quel disturbo post-traumatico da stress, non lo so. Una cosa, però, è che non mi sono avvicinato a troppe persone, e tu sei davvero uno degli unici amici che ho. Credo che quello che sto cercando di dire è che ci tengo molto a te e non vorrei vederti ferita in alcun modo".

"Questo... è molto carino da parte tua dire così", Jana si sentì improvvisamente molto in imbarazzo. "Io... credo di non essermi fatta molti amici qui. Sai, le persone nel mondo dello spettacolo e nell'industria della moda sono molto superficiali, e molti di loro possono essere ipocriti. Certo, impari a stare al gioco, ma non significa che mi fidi di molti di loro. Anch'io mi sono tenuta un po' sulle mie, e devo ammettere che ti considero uno dei miei amici più cari".

"Sono lusingato che mi consideri così, e spero di poter continuare a essere degno della tua fiducia e della tua amicizia", disse a rischio di sembrare banale. Aveva molto di più da dire ma non osava farlo.

"Voglio che anche tu ti fidi di me, Steve", lo guardò seriamente. "So che sei una persona molto riservata, quasi misteriosa a volte. Voglio solo che tu sappia che io ci sono sempre per te, se c'è qualcosa di cui vuoi parlare, io ci sono. Hai passato molto tempo con la mia gente, sai che non prendiamo le amicizie alla leggera. E io sono sempre lì per dare una mano. Se c'è qualcosa che posso fare in mio potere, sarei pronta ad aiutare in ogni modo possibile".

"Beh, mi sento allo stesso modo, Jana", rispose mentre versava il caffè.

Voleva chiederle a bruciapelo della sua dipendenza dalla droga, offrirle tutto quello che poteva. Avrebbe mosso il cielo e l'inferno se ci fosse stata una sola cosa che sarebbe cambiata come risultato. Più di tutto, voleva dirle che l'amava.

"Perché non lasci che ti cerchi queste persone su Internet?" chiese gentilmente. "Non ci vorrebbe molto tempo, e potresti essere abbastanza sicura di non avere sorprese".

"Credo di sì", era riluttante. Sapeva che lei non voleva apparire sciocca, e probabilmente era più preoccupata di essere imbarazzata se lui avesse trovato qualcosa di sbagliato proprio prima che lei si dirigesse alla stazione Amtrak.

Andò alla sua postazione di lavoro nell'anticamera del soggiorno e si collegò, facendo una rapida ricerca dopo che Jana era tornata al suo appartamento per recuperare il biglietto da visita che le era stato dato.

"Beh, il loro sito web sembra solido, e ho fatto qualche controllo sui nomi e sembra che siano collegati con un bel po' di altre compagnie", ammise Steve dopo un controllo sommario. "Immagino che tu non abbia molta scelta se non andare a dare un'occhiata. Ora, hai il mio numero di cellulare. Forse non rispondo qui in città, ma se questo fine settimana vedo il tuo numero sull'ID chiamante, sarò pronto a venire di corsa".

"Ok, mio caro amico", gli diede un grande abbraccio mentre lui la accompagnava alla porta. "Di' una preghiera per me, e ti chiamerò appena torno se non sei qui".

La sensazione del suo corpo accanto al suo gli diede un'improvvisa spinta, e il profumo dei suoi capelli era esaltante. Le diede una leggera pacca sulla schiena, desiderando più di ogni altra cosa di tenerla tra le braccia solo un po' più a lungo.

"Stai attenta, Jana", sorrise.

Lei chiuse la porta lentamente, portando con sé un piccolo pezzo del suo cuore.

Lucic e Tracker arrivarono sul lungomare sotto il Manhattan Bridge poco prima di mezzanotte, dove si erano dati appuntamento con Ilija Ljubica. Lucic notò che Ljubica non usava l'auto per spostarsi e probabilmente si affidava ai taxi, o forse ai suoi amici russi della banda. Quella notte era tutto solo per strada, in piedi vicino a un'antica rete di recinzione che circondava un molo privato malridotto. I poliziotti si fermarono dove si trovava e scesero dalla macchina per incontrarlo sul marciapiede lontano da un lampione solitario vicino all'angolo dell'isolato.

"Bel posto che hai scelto per fare affari", si lamentò Lucic. "Non pensi che un'auto di pattuglia sarebbe qui in un minuto, chiedendosi cosa diavolo stiamo facendo qui fuori?"

"Per quanto ne so, è ancora un paese libero", replicò Ljubica. "Naturalmente, con questa amministrazione, chi può dirlo".

"Non siamo qui per discutere di politica, Ilija. Cos'hai per me?"

"Fetisov mi ha mandato a fare un accordo con te", rivelò Ljubica. "Ha saputo che Evilenko sta progettando di espandere le sue operazioni nella zona di Manhattan. Ha dei grossi investitori con i russi e i cinesi. Fetisov è preoccupato che alcuni dei *vori* [1] di Mosca possano rivoltarsi contro di lui e appoggiare Evilenko".

"Cosa pensa che io possa fare per aiutarlo ?"

"Crede che tu stia indagando su Evilenko per quei rapimenti i cui corpi sono stati trovati sulle Catskill. Ha delle prove che potresti usare. Vuole solo la tua personale assicurazione che, se lo consegnano, tu farai il possibile per togliergli i federali di torno. Crede che sia uno scambio equo, lasciarlo libero in cambio degli assassini dei bambini scomparsi".

"Dovrebbe sapere che non ho l'autorità per fare quel tipo di accordo", Lucic scosse la testa. "Posso parlare con il capitano Willard, e lui può vedere se il capo Madden accetterà, ma non posso dargli garanzie su nulla".

"Il suo sottocapo è venuto ad incontrarti", Ljubica fece un cenno verso l'edificio abbandonato dall'altra parte della strada. "La loro macchina viene a prenderli tra quindici minuti. È un'offerta unica. Se non sei disposto a intercedere, agiranno senza di te e affronteranno Evilenko da soli".

"Merda", sibilò Lucic. Non pensava che Ljubica avrebbe fatto qualcosa di stupido. Sapeva quanto fossero imprevedibili i russi, e avrebbero potuto percepire il rifiuto di Lucic come un insulto. Il punto fondamentale era che, se qualcosa di questo fosse uscito, i suoi detrattori avrebbero potuto dire che Lucic si era lasciato sfuggire un'opportunità per prevenire una guerra tra bande all'interno della mafia russa.

"Proprio lassù", Ljubica indicò il portone buio la cui porta era rotta o mancante. "Andrò a piedi fino a Canal Street e prenderò un taxi, così nessuno saprà che sono stato qui vicino".

I poliziotti si diressero verso la porta e aprirono le fondine, pronti ad estrarre al primo segno di pericolo. Il corridoio dall'odore di muffa era affollato da una scala che portava al piano superiore. Lucic e Tracker si avvicinarono sulle palle dei piedi, arrancando con attenzione su per i gradini con occhi e orecchie ben aperti.

Quando entrambi giunsero sul pianerottolo, videro che l'intero piano delle vetrate era deserto, le finestre su ogni lato dell'enorme stanza erano state rotte da tempo. Si incamminarono alla ricerca dei russi, e improvvisamente degli uomini uscirono da dietro i quattro grandi pilastri che sostenevano il tetto. Aprirono il fuoco con pistole dotate di silenziatore, crivellando di colpi Benny Tracker che cadde sul pavimento polveroso.

"Mani sopra la testa!" si fece avanti il capo degli uomini mascherati. "Fai una mossa stupida e muori con il tuo amico!"

"Su quella scala!" urlò un secondo uomo armato, indicando una scala che portava a una botola sul tetto. "Ci sono degli uomini lassù che ti aspettano, se fai qualcosa di stupido ti fanno saltare le cervella!".

Lucic fece insensibilmente come gli fu detto, allontanandosi da Tracker verso la scala. Sapeva che quelli potevano essere gli ultimi momenti della sua vita, e tutto quello che poteva fare era giocare la sua mano e vedere se poteva forzare una pausa da qualche parte. Salì la scala lentamente e con attenzione, sforzandosi di non fare nulla che potesse fargli aprire il fuoco contro di lui.

Come avevano detto, c'erano tre uomini sul tetto che lo aspettavano. Uno di loro lo afferrò per la nuca e lo spinse sul bordo del tetto. Guardò giù e vide che l'edificio si trovava in cima a un molo su una baia che portava direttamente al fiume. Il più alto degli uomini mascherati si avvicinò e si fermò proprio dietro Lucic.

"Ci siamo, detective", disse Bojan Evilenko mentre il suo

scagnozzo affrontava Lucic verso il bordo del tetto. "Questa è la tua ricompensa per la tua dedizione, il tuo coraggio, la tua tenacia... e la tua stupidità senza compromessi".

Lucic sentì lo scatto della canna del revolver e si gettò in avanti. Sentì sparare e sentì un paio di colpi di striscio che gli bruciavano la schiena prima di precipitare per più di sessanta metri nell'East River.

CAPITOLO SETTE

I senzatetto che cercavano rifugio sotto i ponti o dietro i magazzini avvertirono i residenti che chiamarono la polizia. Trovarono il detective privo di sensi sulla banchina di carico alle prime luci dell'alba. Lucic fu portato al Bellevue Hospital mentre le navi della polizia furono chiamate per ripescare il corpo di Benny Tracker dal fiume. Aveva lasciato una moglie e cinque figli, e l'intera città fu stordita dalla tragica perdita.

Lucic disse agli investigatori dell'ospedale che era stato Ilija Ljubica a dirigere lui e Benny nel magazzino, ma non voleva che Ljubica fosse ancora preso. Disse loro che non era sicuro che Ljubica avesse qualcosa a che fare con questo. Molto probabilmente stava solo eseguendo gli ordini. Disse loro che gli uomini armati indossavano tutti delle maschere e non diedero alcuna ragione per cui avevano attirato i poliziotti verso il loro destino.

I proiettili avevano colpito il bicipite sinistro e la natica destra. Quella che aveva fatto il danno grave si era conficcata nella spina dorsale e avrebbe richiesto un intervento chirurgico per essere rimossa. Per ora, si trovava in una zona tale che non volevano manomettere per evitare che un tentativo fallito lo rendesse storpio a vita. L'ospedale gli fornì una sedia a rotelle e delle stampelle prima di lasciarlo uscire la mattina seguente.

Ricevette una chiamata da Steve Lurgan, che lo stava aspettando all'ingresso di emergenza con un camioncino. Steve e uno degli assistenti aiutarono Darko a sedersi sul sedile del passeggero prima di ripiegare la sedia a rotelle e depositarla nel retro del camion.

"Spero che tu abbia ancora il controllo delle tue tubature o avremo dei problemi", disse Steve mentre tornavano all'appartamento di Lucic nel Greenwich Village.

"No, tutto funziona tranne la mia schiena. Mi hanno riempito di idrocodone. Se mi sposto male, è come se la Con Edison premesse un interruttore su di me. Le scosse elettriche partono dappertutto, dal petto in giù. Dicono che dovranno lasciare che la mia spina dorsale si sistemi attorno al proiettile prima di cercare di estrarlo. Troppo presto, causerebbe maggiori danni. Troppo tardi e resterà lì per sempre".

Arrivarono a casa di Lucic e fecero la fatica di caricare Darko sulla sedia a rotelle e farlo rotolare nell'edificio sulla Quarta Ovest. Presero l'ascensore fino al suo appartamento al terzo piano, dove Steve lo aiutò a sistemarsi sulla poltrona reclinabile prima di cercare il necessario per una caffettiera.

"Ok, ecco la mia offerta", Steve portò il caffè e prese posto sul divano del soggiorno di fronte a Lucic. "Ti darò le unità cinofile in cambio del tuo aiuto nel salvataggio di Jana. In qualche modo Bojan Evilenko ha scoperto che ero qui in città e ha pensato che avessi una pista sui raccoglitori di organi del mercato nero. Sapeva che avevo indagato su di loro in Kosovo durante la guerra. Si è messo in contatto con Jana e l'ha attirata lassù, poi mi ha mandato una mail facendomi un'offerta di lavoro. Sono sicuro che se non accetto, minaccerà Jana per costringermi ad andare con lui".

"Merda", Lucic fissò il tappeto. "Non ci posso credere. Scommetto che Evilenko ha avuto a che fare con l'imboscata a me e Benny. Probabilmente voleva toglierci di mezzo se sospettava che vi stessimo cercando. Non escludo nemmeno Ilija Ljubica. Ci siamo appoggiati a lui per avere informazioni su Evilenko. Ti dirò, però, che se Evilenko fa parte della mafia russa, ha un bel peso alle spalle. Quelli stanno diventando forti come la mafia qui in città".

"Quello di cui abbiamo bisogno è una stanza sicura, un caveau sotterraneo o una cella frigorifera da qualche parte", suggerì Steve. "Farò un accordo in modo che tu possa scoprire tutto quello che c'è da sapere sugli addestratori di cani. Dopo di che, ho bisogno della tua solenne promessa che mi aiuterai a salvare Jana".

"Stanza sicura? Caveau?"

"Deve essere qualcosa a cui accedere facilmente, Darko. Il tempo è un fattore importante qui. Non posso permettermi di stare seduto ad aspettare che organizzi la cosa".

"Ok, rilassati", Darko alzò la mano. "C'è uno spacciatore di droga a Staten Island che abbiamo arrestato circa una settimana fa con un'accusa RICO. Il governo ha preso tutto quello che c'era nel posto e l'ha messo sotto chiave. Il tipo aveva un caveau sotterraneo dove teneva tutta la sua roba: soldi, droga e armi. Quando l'hanno beccato è diventato un deposito prove. Conosco la gente che sorveglia il posto, possono darmi le chiavi".

"Va bene", accettò dolcemente Steve. "Chiamami quando avrai sistemato tutto e tornerò verso le cinque del pomeriggio".

"Sembra un piano", concordò Lucic.

Darko passò la mattina al telefono e finalmente chiamò Steve per dirgli che tutto era pronto. Una pattuglia della polizia di New York uscì nel tardo pomeriggio per consegnare le chiavi della villa, e Steve arrivò circa mezz'ora dopo. Fecero caricare

Darko sulla sedia a rotelle e sul furgone all'esterno, e presto furono sulla strada per il centro verso lo Staten Island Ferry. Darko notò che Steve continuava a guardare l'orologio e pensò che doveva aver preso un appuntamento con quelli del cane. Aveva dato a Steve l'indirizzo in anticipo, quindi senza dubbio i conduttori li stavano aspettando.

Abbassò il finestrino mentre attraversavano il fiume verso l'isola, respirando l'acqua salata mentre il traghetto procedeva a tutta velocità. Sentì un'ondata di nostalgia ripensando ai giorni della sua infanzia, quando sua madre lo portava qui a visitare la città. Lui era alle scuole medie quando fuggirono dalla Serbia, e lei era intenzionata a imparare tutto sulla loro nuova patria e a portarla con sé nelle sue escursioni. Era determinata ad assimilare la loro nuova cultura, ma lui scoprì che era impossibile lasciarsi la Serbia alle spalle completamente, e mai questa realizzazione apparve più certa di adesso.

Dalla stazione dei traghetti guidarono lungo le strade delle zone residenziali, e trovarono la villa del commerciante circondata da un muro di otto piedi con un cancello principale in ferro battuto. Darko diede a Steve le chiavi, e lui sbloccò la catena con il lucchetto in modo da poter far passare il furgone prima di chiudersi dietro di loro. Poi scaricò Darko sulla sedia a rotelle prima di aprire le spesse porte di legno della villa stuccata per permettere loro di entrare. Steve portò con sé una pesante borsa di tela mentre portava Darko all'interno.

"Allora, dove dovrebbero incontrarci i tuoi ragazzi, ti chiameranno?"

"Beh, prima le cose importanti. Dov'è il caveau?"

Presero l'ascensore della villa fino al livello del seminterrato, e Steve portò Darko all'estremità ovest della camera dove si trovava la massiccia porta del caveau. Era come dentro una banca, e Darko dovette dare a Steve una serie di codici per aprire il recinto d'acciaio. C'era anche un pulsante rosso di emergenza sul pannello, che poteva essere attivato per aprire il caveau senza il codice nel caso in cui qualcuno fosse rimasto intrappolato all'interno per sbaglio.

"Benissimo", espirò Steve, notando il monitor posto su una console vicino al caveau, che dava accesso visivo tramite una telecamera posta all'interno. Permetteva al proprietario di vedere l'attività all'interno del caveau senza doverlo aprire nel caso in cui qualcuno fosse riuscito ad entrare senza essere scoperto. "Questo dovrebbe funzionare bene. Ho bisogno che registri tutto quanto. Sai come funziona questa roba?"

"Sono un poliziotto da circa vent'anni", ribatté Darko. "Senti, credo che sia meglio che tu mi dica cosa sta succedendo qui. Quando arrivano i tuoi ragazzi?"

"Va bene, sarò sincero con te, e alcune cose saranno molto difficili da mandare giù, finché non inizierà a succedere tutto", Steve controllò di nuovo l'orologio. "Non uscirà nessuno, siamo solo io e te".

"Stai scherzando", Darko era esasperato.

"Negli anni novanta, quando ero in Kosovo, ho contratto questa malattia chiamata licantropia", cercò di spiegare Steve. "È una condizione estremamente rara e non si conosce una cura. Sono abbastanza sicuro che Evilenko sia stato affascinato dalle sue possibili applicazioni militari e iniziò a rintracciarmi. Mi ha rintracciato qui negli Stati Uniti, e ora sta cercando di costringermi ad aiutarmi con il suo progetto in qualche modo malato".

"Licantropia? " Darko cercò di ridere. "Vuoi dire come nei film?"

"Si chiama licantropia clinica in termini psichiatrici", insistette Steve. "La vittima si immagina trasformata in un lupo. Durante gli episodi, le allucinazioni di molte persone sono così intense che vengono sovralimentate dall'adrenalina e sono capaci di imprese di forza sovrumana. Sono sicuro che hai familiarità con i consumatori di PCP che impazziscono e fanno scattare le manette".

"Quindi vuoi che lo registri", sospirò Darko in modo teso. "Senti, non mi dispiace cercare di aiutarti, e ti ho dato la mia parola di aiutare Jana, ma questo non funziona troppo bene secondo me. Ho dei cadaveri all'obitorio che sono stati fatti a pezzi dai cani, o un vero lupo vivo, non un tizio che immagina di essersi trasformato in uno di loro. Spero che non mi rinnegherai con questo".

"Senti, chiudimi in quel caveau, accendi il video, e qualunque cosa accada, per l'amor di Dio, non aprire quella porta. Capito?" Steve fissò freneticamente il suo orologio, sapendo che il sole era probabilmente tramontato e la luna piena fuori sarebbe stata visibile nel cielo notturno.

"Ok, ma ci sarà abbastanza aria lì dentro solo per durare fino al mattino", Darko si rotolò fino a dove Steve aprì la cassaforte e accese l'illuminazione fluorescente.

"Sarà un tempo più che sufficiente", disse Steve entrando nel caveau e chiudendo l'enorme porta dietro di sé.

Erano le prime luci dell'alba quando Darko aprì finalmente la porta del caveau. Era stata la notte più orribile che avesse mai vissuto, e tra l'omicidio di Benny e la sua sedia a rotelle, le ultime settantadue ore erano state come l'inferno in terra per lui. Continuava a dubitare della sua sanità mentale e si chiedeva se lo stress lo avesse fatto impazzire.

"Steve!" chiamò nel caveau. "Steve!"

Lurgan giaceva nudo a faccia in giù sul pavimento di metallo, con i vestiti e gli stivali a brandelli, che giacevano sparsi intorno a lui. Darko si stupì del fatto che non solo Steve era senza un graffio, ma che non ci fosse una goccia di sangue da nessuna parte. Steve riuscì ad alzare la testa e a rotolarsi, raccogliendo le forze per alzarsi in piedi e uscire dal caveau.

"L'hai registrato?" Steve andò alla borsa di tela e recuperò un set di vestiti di ricambio.

"Sì, l'ho registrato", la mente di Darko stava correndo.

"Non l'avevo mai visto prima. Ho dovuto vederlo io stesso per capire cosa fare del resto della mia vita".

"Le urla erano la cosa più terribile", disse Darko mentre fissava lo schermo scuro senza vedere. "Non era l'urlo di un uomo o di una bestia. Era il grido torturato di decine di anime, forse centinaia, forse migliaia. Credo che siano ancora intrappolate dentro la bestia. Credo che siano tutti dentro di lui, che gridano dall'abisso, tutti quelli che ha posseduto. Ho sentito le loro grida per tutta la notte, e prego Dio di non sentirle mai più".

Steve accese l'interruttore e riportò l'ora alle diciotto, vedendo il punto in cui era entrato nel caveau da una visuale dall'alto nell'angolo mentre la sequenza iniziava.

"Se non erano le urla, erano le grida dell'animale torturato", Darko fissò insensibilmente il soffitto. "Ho amato gli animali per tutta la vita, e il modo in cui quella cosa urlava, mio Dio, era insopportabile. Sembrava che lo stessero massacrando. E quando non urlava o piangeva, ruggiva, come un mostro dell'inferno, il diavolo in persona. Non hanno fatto un film che potesse fare quel rumore. Non riesco nemmeno a descriverlo, era un ruggito di odio crudo, furia, male. Non so come diavolo qualcosa che potesse ruggire così non sia stato in grado di uscire da quella porta".

"Porca miseria", Steve fissò il monitor con timore e reverenza. "Porca miseria".

"Steve, ho finito tutta la mia bottiglia di idrocodone. Dovrei essere fuori di testa, ma sono perfettamente sveglio. La mia mente vola come un razzo, ma il mio corpo si sente come se fossi stato travolto da una valanga. Devo tornare a casa mia, o all'ospedale, ovunque ma non qui".

"Oh mio Dio", le lacrime scesero sulle guance di Steve quando vide ciò che lo aveva posseduto per quasi quindici anni. "Oh mio Dio".

"Non so come andrà a finire, Steve", riuscì Darko. "Come puoi portare quella cosa in giro? Come la controllerai? Come fai a sapere che non ucciderà Jana o me? Peggio ancora, come farai a mettere una cosa del genere in un altro essere umano?".

"Se Evilenko ne prende il controllo, vedrai un'ondata di terrore in questa città come non potresti immaginare, e lo sai", mormorò Steve.

Guardò il video mentre il suo corpo convulso veniva gettato a terra dal demone prima di subire violenti spasmi e contorsioni. Si vide rannicchiarsi in posizione fetale e giacere lì per un lungo periodo prima che alla fine la testa del lupo si alzasse e sbirciasse sopra la sua spalla. I vestiti iniziarono a strapparsi dal corpo e furono fatti a brandelli finché finalmente si alzò e si scrollò di dosso. Poi iniziò a ringhiare e ringhiare, annusando intorno alla volta di trenta piedi prima di rendersi conto che era chiuso dentro. Poi cominciò a ululare e ruggire, sbattendo contro la porta senza alcun risultato. Steve lo mandò avanti di un'ora, e a quel punto cominciò a sbattere contro la porta fino a quando il suo muso non gocciolò di sangue e schiuma.

A quel punto cominciò a masticarsi le zampe, strappandole come se cercasse di scappare da una trappola. Si rosicchiò l'osso fino a quando non riuscì più a stare in piedi, poi cadde su un lato e rimase a piangere fino a quando improvvisamente si mise a inseguire le zampe posteriori. Cominciò a masticarsi le zampe posteriori fino a che non giacque in una pozza del suo stesso sangue. A quel punto, l'animale zoppo si sdraiò su un fianco, piangendo, urlando e ruggendo nella notte. Steve mandò di nuovo avanti veloce fino alle sei del mattino e l'animale era rannicchiato in posizione fetale e rimase lì finché Darko non aveva aperto la cassaforte. Steve riavvolse e mandò avanti veloce, e poté solo percepire che il sangue della bestia era apparentemente evaporato come acqua.

"Se lo farai andare di nuovo, dovrai togliere il volume", borbottò Darko.

"No, ho visto abbastanza. Avanti, cancellalo e andiamo".

Guidarono in silenzio fino al traghetto, ma quando la barca iniziò la crociera attraverso il fiume, Steve si animò improvvisamente per quello che aveva visto.

"Sai, all'inizio era come essere intollerante all'alcol", rivelò . "Svenivo e non riuscivo a ricordare nulla. Nel corso degli anni, sono arrivato a ricordare frammenti di cose, come in un sogno. Questa è la prima volta che l'ho visto accadere, e ora ha più senso. Quella dannata cosa è invulnerabile. So che ha preso proiettili prima, è sopravvissuta al fuoco automatico. Hai sentito come ha sbattuto sulla porta del caveau? La porta d'acciaio riecheggiava a causa del martellamento. Inoltre, il modo in cui è sopravvissuta dopo essersi masticato da solo. Darko, se ci fosse un modo per usarlo a fin di bene, pensaci. Quella dannata cosa potrebbe aiutare a trovare una cura per il cancro".

"Non so cosa farai con questo", Darko era ancora sopraffatto dall'esperienza. "Non so come qualcuno riuscirà a mettere mano a questa cosa. Non avremmo dovuto cancellare il nastro. Nessuno sano di mente ci crederà".

"Non potevo correre il rischio che ti rivoltassi contro di me, Darko", rivelò Steve. "Un sacco di gente mi avrebbe tenuto rinchiuso e avrebbe chiamato la polizia. Ho corso un grosso rischio lasciandoti partecipare. La mia unica speranza sarebbe stata che i poliziotti ti avessero dato buca e mi avessero messo sotto osservazione. Mi sono fidato di te perché ho bisogno del tuo aiuto. Ho ancora bisogno del tuo aiuto per salvare Jana".

"Steve, devo ancora capire tutta questa storia", ammise Darko. "Come posso lasciarti scatenare questa cosa su Evilenko? Sarei come minimo complice di un omicidio. Se quella cosa ha fatto quello che ha fatto a quegli spacciatori, di cos'altro diavolo è capace?".

"Senti, la vita di Jana è in pericolo. Se ti tiri indietro, e anche se chiami la polizia e avverti Evilenko, lui sposterebbe Jana dove io non posso trovarla. Anche se mi pianti una pallottola in testa adesso e metti fine a questa storia, lasci comunque morire Jana. Ormai ha visto troppe cose perché Evilenko corra il rischio di lasciarla vivere. Ha appena fatto uccidere il tuo collega, ha appena ucciso un poliziotto. Pensi che ci sia qualcosa che non farebbe per arrivare dove vuole?"

"Dobbiamo far partecipare qualcun altro", insistette Darko. "È diventato troppo grande per noi. Supponiamo che mi succeda qualcosa, o che lui si impossessi di te e scopra il segreto? Supponi che possa analizzare il tuo sangue e trovare un modo per riprodurre quella cosa? Non ha più bisogno di te, può farti fuori e trasformare la sua gente in mostri".

"Guarda, c'è molto di più, non è così facile. Sono stato infettato da qualcun altro che aveva la malattia. Mi hanno attaccato e li ho uccisi, e la cosa si è impossessata di me, come una possessione demoniaca. Non è nel mio sangue, è nella mia testa. Hai visto quella roba dell'*Esorcista*, non è solo superstizione, hanno prove documentate che cose del genere accadono".

"Non così, Steve. Non così."

"Va bene, ascolta. Se mi aiuti a salvare Jana, me ne andrò da qualche parte, fuori dal Paese, e nessuno mi vedrà mai più. Ora che ho visto quella dannata cosa, so che non c'è altro modo. La faremo uscire in ogni modo possibile, forse posso trovarla e accompagnarla fuori senza problemi. Evilenko ha una facciata legittima, non so se vorrà fare una mossa contro di me in pieno giorno. Se riesco a portarla fuori senza fare scenate, saremo a posto. Non ho intenzione di aspettare il buio, a meno che non sia l'unico modo".

"Mi accompagni?" Darko cedette .

"Tornerò verso le due, dovremmo metterci qualche ora a guidare a nord", rispose. "Cercherò di ottenere l'e-mail di Jana o di mandarle un messaggio sul cellulare. Le farò sapere tutto quello che posso sull'azienda di Evilenko e spero di averla pronta per quando arriveremo".

"Ok, farò un altro giro", espirò Darko in modo teso. "Hanno ucciso il mio compagno e mi hanno messo su una sedia a rotelle. So che questa è una cosa di cui potrei pentirmi per il resto della mia vita, ma sono d'accordo che c'è una ragazza innocente messa in mezzo a questo. Ti avverto, amico mio, se qualche civile innocente viene coinvolto, mi metto al cellulare e chiamo la squadra SWAT".

"Non lo farei in nessun altro modo".

E così i due uomini continuarono il loro appuntamento con il destino.

CAPITOLO OTTO

Jana aveva ricevuto l'e-mail da Steve poco prima delle sedici di quel pomeriggio. Conteneva un file .zip e le diceva di usare il software per saperne di più sulla Compagnia e perché avrebbe dovuto fare piani per andarsene immediatamente. Aprì il file e trovò le istruzioni per accedere a Safecracker ver. 78.9. Lo fece con riluttanza, e un personaggio simile a Mr. Peanut le fece l'occhiolino attraverso il monocolo, rovesciando il suo cappello a cilindro prima di usare il suo bastone da passeggio come cursore. La guidò attraverso il tutorial e subito lei ebbe un'icona sulla sua scrivania nell'angolo superiore destro dello schermo che appariva solo quando ci passava sopra il cursore.

"Jana, sarò sul posto fino a tarda sera, ma non sarò reperibile", la voce di Evilenko arrivò dall'interfono. "Se dovesse succedere qualcosa, contatta Ilija sul cellulare. Lui e gli uomini saranno a disposizione per supervisionare una grande consegna di attrezzature questa sera. Ho capito che resterai qui fino alle nove circa. Puoi uscire dal cancello principale. Se ci sono guardie appostate, ti faranno uscire loro".

"Grazie, signor Vlasic", disse .

Questa era una delle peggiori situazioni in cui fosse mai stata coinvolta. Il signor Vlasic la trattava come una figlia, e Ilija Ljubica era stato quasi come un amico fidato negli ultimi due giorni. Aveva controllato il suo conto in banca, e 7.692 dollari erano stati depositati la mattina in cui era arrivata alla HPS per presentarsi al lavoro. Aveva pagato il saldo della sua carta di credito e la maggior parte delle bollette in un colpo solo, ed era ansiosa di iniziare. Le diedero un manuale che la guidava nella sua piccola lista di doveri. La maggior parte di ciò che faceva era tenere in ordine l'agenda degli appuntamenti del signor Vlasic e controllare le guardie per assicurarsi che mantenessero la loro ronda oraria.

Compromettere questa situazione le faceva venire il voltastomaco. Se avessero scoperto che li stava hackerando, sarebbe stata licenziata di sicuro. Dato che stava usando un'auto aziendale per andare avanti e indietro verso la sua suite in affitto, avrebbe potuto persino dover tornare in città a piedi. Avrebbe ignorato del tutto Steve se non avessero anche espresso un forte desiderio di averlo nel loro staff. Doveva essere venuto con qualche informazione urgente sulle malefatte di HPS per averle suggerito di mettere in pericolo la sua posizione in questo modo. Era solo la sua convinzione di che tipo di persona fosse Steve, e sapendo quanto lui tenesse a lei, che la incoraggiò a procedere.

Aprì il file, e Poindexter di *Felix the Cat* apparve nel piccolo schermo, che appariva solo quando veniva toccato dal suo cursore. Le ordinò di estrarre il database dei conti riservati della Compagnia, e le chiese di aspettare mentre lui iniziava a tradurre i nomi delle cartelle dei file. Poi fece notare che un file criptato chiamato "China" sembrava essere il database più sicuro, e le chiese se voleva procedere.

Poindexter trovò poi le cartelle dei file cinesi e tradusse i nomi dei file, poi indicò che sarebbe stato pronto a convertire il testo e la grafica di ogni file che lei scelse di esaminare. Lei cliccò sul file Donor, e si aprì una lista che appariva come se fossero pazienti in una cartella medica. Facendo doppio clic, trovò informazioni mediche dettagliate, e un'altra opzione le permise di visualizzare il loro rapporto autoptico. Con dita tremanti scelse l'ultima richiesta, che mostrava quali organi avevano donato e quali erano rimasti disponibili.

Al di là di ogni dubbio, la Compagnia era coinvolta in qualcosa di più della ricerca sul software. Aveva letto dei rapimenti di fuggitivi a New York City, e dei loro resti macellati ritrovati nel nord di New York, ma aveva liquidato gli articoli come fanfaronate da tabloid. Aveva familiarità con tali voci fin dai tempi della Serbia, dove i militanti avevano accusato i musulmani di fare la stessa cosa. Molti avevano liquidato la cosa come propaganda volta a demonizzare il nemico, ma in questo caso le prove provenivano dai documenti degli stessi perpetratori.

Ancora rifiutando di credere ai suoi occhi, aveva fatto una ricerca su Google per i pazienti elencati nel database. Ne trovò uno, poi un altro, e fu inorridita dalla scoperta che ogni paziente era elencato come persona scomparsa dalla polizia di New York. Ora si trovava di fronte alla prospettiva di dover notificare alla polizia la sua scoperta. O questo, o avrebbe dovuto affrontare il signor Vlasic con le sue scoperte. Questo avrebbe potuto essere un errore fatale da parte sua, poiché le persone coinvolte in questo tipo di affari erano collegate a degli assassini che senza dubbio avrebbero ucciso per coprire le loro tracce.

Considerò freneticamente le sue opzioni, ed era lontana da una soluzione quando due figure apparvero sulla soglia dell'enorme suite dove Jana aveva il suo cubicolo laterale. Alzò lo sguardo e vide Zora Vladic entrare con Ilija Ljubica che lo accompagnava.

"Jana, mia cara", Evilenko sorrise freddamente. "Sembri un po' giù di corda".

"Sì, signor Vladic", trasalì . "Ho questo mal di testa che non vuole andare via".

"Sembra che ti sia successo all'improvviso. Poco tempo fa sembravi star bene. Tuttavia, so che queste cose possono spuntare dal nulla. Non abbiamo modo di sapere come una crisi possa svilupparsi da un momento all'altro, vero?"

"Io... credo di no, signore", si schiarì la gola Jana, stringendosi momentaneamente il viso tra le mani per cercare di rimettersi in sesto.

"Perché non vai e ti prendi il resto della giornata libera, mia cara", sorrise dolcemente. "Tanto è oltre l'orario normale. Ilija ti accompagnerà al tuo veicolo, così non dovrai avere a che fare con quelle fastidiose guardie di sicurezza sparse per tutto il terreno. Stanno portando delle attrezzature importanti e stanno identificando tutti per scoraggiare lo spionaggio aziendale da parte di persone non autorizzate sul terreno".

"Grazie mille signore, mi scuso. Sarò puntuale domani, di sicuro".

"Buona serata, Jana. Riposati un po'."

C'era un silenzio imbarazzante tra lei e Ilija mentre scendevano con l'ascensore nel garage sotterraneo, e lei trovò la Mitsubishi Galant nera da sola nel parcheggio a quell'ora della sera, come al solito. Si salutarono, ma quando lei accese il motore scoprì che si era spento.

"Tsk, tsk, queste macchine giapponesi", Ilija stava a distanza, scuotendo la testa. In qualche modo lei ebbe la strana sensazione che lui si aspettasse un tale evento. Le disse che avrebbe fatto mandare immediatamente una sostituzione dal concessionario, e che l'avrebbe fatta aspettare in una delle sale relax al piano di sotto mentre lo faceva.

Lui le tenne la porta e lei entrò nella stanza dove erano

presenti un paio di tavoli uno accanto all'altro in mezzo a distributori automatici di snack su ogni lato. Sospirò mentre rovistava nella sua borsa, tirando fuori il suo cellulare e scoprendo che non riusciva a prendere il segnale quaggiù. Come ripensamento, decise di andare alla toilette per ritoccarsi, e fu sorpresa di scoprire che la porta era chiusa.

Si fece prendere dal panico mentre cominciava a chiamare e a battere sul pannello della finestra spessa e stretta della porta d'acciaio. Guardò il più lontano possibile su entrambi i lati e vide il piano deserto. Si rese conto che la sua unica speranza era che Ilija tornasse, e rassegnata si sedette al tavolo sperando che tornasse prima che le venisse un attacco di panico.

Fuori, Steve e Darko parcheggiarono il furgone proprio mentre il sole cominciava a tramontare a ovest. Il cielo era pieno di rabbiose macchie di rosso, oro e viola prima di lasciare il posto alla luna argentea, e i due uomini la guardavano con trepidazione mentre si preparavano al peggio.

Avevano visto arrivare i quattro camion neri con i loghi dorati di HPS sulle fiancate, gli uomini robusti e con la faccia severa che scaricavano dai veicoli quelle che sembravano casse d'acciaio appositamente costruite. Sia Steve che Darko indovinarono che erano i contenitori di trasporto per gli organi e le parti del corpo, che venivano consegnati per la spedizione o aspettavano di essere imballati. Erano entrambi sconvolti dal pensiero che così tanti organi fossero stati prelevati, e che gli affari fossero così vivaci che le parti sezionate stessero solo aspettando di essere ricevute e acquistate da acquirenti impazienti.

"Ok", Steve grugnì dolorosamente, "Sta succedendo. Non appena il cambiamento è completato, apri quella porta e stai lontano dalla finestra. La cosa dannata dovrebbe essere in grado di uscire da sola".

Un brivido di terrore percorse la spina dorsale di Darko mentre Steve si lanciava fuori dalla portiera e saliva sul retro del furgone. Aveva visto il cambiamento nel video, ma non aveva idea di come sarebbe stato andare avanti accanto a lui con solo una sottile parete di metallo che lo separava dalla bestia. Sapeva anche che quella dannata cosa pesava probabilmente circa centotrenta chili ed era alta più di sei piedi sulle zampe posteriori. Sarebbe stato come avere un giocatore di football professionista che volesse staccargli la testa, se mai il giocatore avesse avuto la forza di un animale posseduto dal demonio. Subito si pentì di aver accettato una cosa del genere. Il concetto di salvare delle vite lo colpì improvvisamente in pieno volto, e stava per affrontare Steve e farlo rinunciare prima che il lupo cominciasse a lamentarsi.

Era il suono più orribile che avesse mai sentito, le urla e le grida di decine di uomini intrappolati nella bestia, che imploravano di essere liberati dall'inferno vivente che era diventato il corpo di Steve. Gridavano e imploravano in una cacofonia di voci torturate, finché non si fusero in un ruggito primordiale, peggiore di qualsiasi gatto, scimmia o cane mai creato. Sentì il rumore delle membra di Steve che si agitavano trasformandosi in un martellare e graffiare, ed era come se a Darko fosse permesso di sentire la trasmigrazione delle sue braccia e delle sue gambe che avveniva.

Non osò nemmeno una volta guardare attraverso il finestrino. Rimase congelato sul sedile del conducente, sperando che il mostro non si accorgesse della sua presenza nel semplice desiderio di fuggire. Darko fece scattare le serrature delle portiere e rimase seduto a guardare mentre i ruggiti si attenuavano, il lupo cercava di orientarsi. Rimase in silenzio per un momento eterno, prima che improvvisamente l'abominio si rendesse conto che le portiere potevano essere forzate. Furono spalancate come se fossero state strappate dai loro cardini, e il furgone rimbalzò mentre il peso di trecento chili schizzava via in un lampo.

Sia Evilenko che Ljubica erano nella suite esecutiva al secondo piano, osservando tutto nella struttura e nell'area circostante sul loro sistema di sorveglianza all'avanguardia. Avevano visto la bestia saltare il guardrail del cancello principale e caricare attraverso il campo come un piccolo cavallo. Rimasero sbalorditi quando il mostro balzò sulla banchina di carico e iniziò a colpire la folla di oltre una dozzina di uomini. Anche se furono sparati dei colpi, nessuno sotto il cielo avrebbe potuto prepararsi a un tale assalto, e così cercarono di fuggire, ma furono abbattuti da dietro e fatti a pezzi.

Evilenko si avvicinò a un pannello nascosto dietro un dipinto a olio e lo aprì per rivelare un nascondiglio di armi automatiche. Prese un fucile automatico AK-47 montato con un lanciagranate BGA-40 sotto la canna e lo consegnò a Ljubica. "Questo fermerà la creatura sul posto. Ci incontreremo al punto d'incontro a Brooklyn dove lanceremo il nostro piano alternativo. Senza dubbio Lucic avrà questo posto pieno di poliziotti entro poche ore. Puoi lasciare la ragazza o finirla, a questo punto non fa differenza".

"Come..." La mente di Ljubica correva mentre prendeva l'arma da Evilenko. Sapeva che il capitano aveva pianificato di proporre a Lurgan di unirsi all'organizzazione come esecutore e assassino, ma i dettagli non erano mai stati discussi. Non c'era modo che qualcuno potesse pensare a una cosa del genere. Non c'erano parole per descrivere la carneficina a cui aveva appena assistito sul monitor. Anche se era un veterano con vent'anni di esperienza in battaglia, si sentiva quasi come se gli venisse consegnato un arco e una freccia nell'affrontare un leone.

"Non mi interessa cos'è, non può resistere contro una granata", ringhiò Evilenko. "Bloccate l'ascensore e non scendete finché non vedete chiaramente la cosa maledetta. Abbattetelo come volete, ma se lo avete a portata, sparate la granata e finitelo. Non torneremo più qui, questo posto non ci serve più. Fallo saltare in aria se devi, e ci incontreremo domani a Brooklyn".

Ljubica guardò Evilenko scomparire nell'ombra nella parte posteriore della suite. Sapeva che il capitano doveva aver preparato il suo tunnel di fuga con un veicolo che lo aspettava in caso di emergenza. Non riusciva a credere che un'operazione così redditizia come questa potesse crollare così all'improvviso e si rifiutava di credere che fosse dovuto agli sforzi di un piedipiatti di basso livello come Lucic. Sospettava che in qualche modo avesse a che fare con Lurgan, e una volta fatto saltare in aria il dannato animale di Steve, sarebbe andato a cercarlo. Probabilmente avrebbe piantato una pallottola in Jana per buona misura, per assicurarsi che non avesse storie da raccontare .

Prese l'ascensore fino al livello del seminterrato e inserì la chiave nel pannello di controllo che gli permetteva di regolare la porta scorrevole dall'interno. Lasciò che la porta si aprisse per metà, e poi per circa tre quarti. Apparentemente la ragazza aveva sentito l'arrivo dell'ascensore, dato che stava sbattendo e urlando con vigore per attirare l'attenzione di qualcuno. Sorrise pensando a tutta l'attenzione che avrebbe ricevuto non appena quel dannato animale fosse stato abbattuto.

I capelli sulla nuca gli si rizzarono per il terrore quando vide la grande bestia scendere lentamente la rampa del veicolo dal livello superiore, i suoi occhi rosso fuoco che fissavano direttamente Ljubica dall'altra parte del parcheggio a cinquanta metri di distanza. Il suo muso, il petto e le zampe anteriori erano coperti di sangue e sembrava che tracce di interiora pendessero dalle sue guance. Cominciò a inseguire Ljubica, strisciando nella sua direzione prima di mettersi a correre. Ilija armò il lanciagranate, poi deliberatamente mirò e sparò alla bestia. Ljubica rimase stupito quando il mostro saltò agilmente di lato, la granata superò il lupo ed esplose contro la rampa alle sue spalle. Con questo, la bestia era come una striscia di luce che percorreva il terreno fino all'ascensore e ruggiva verso Ljubica. Iniziò a svuotare il caricatore dell'AK-47 contro la creatura, ma questa lo schiacciò contro la parete dell'ascensore prima che avesse il tempo di girare.

Jana fissò freneticamente fuori dalla stretta finestra della porta chiusa, e poté solo vedere il lampo dell'esplosione prima che l'aria si riempisse di fumo e polvere di cemento. Pulì il vetro senza alcun risultato, e poté sentire le urla di Ljubica che presto svanirono sotto il rumore del metallo che si schiantava dall'ascensore. Tremava di terrore mentre si allontanava dalla porta, sentendo il suono del clic di qualcosa di terribile che si avvicinava deliberatamente.

Gridò quando lo spesso vetro esplose improvvisamente, mentre quelli che sembravano essere un paio di artigli attraversarono la stretta finestra e cominciarono a strattonarla con incredibile ferocia. Il metallo sembrò cedere sotto la forza finché, all'improvviso, il telaio della porta cedette e la porta si schiantò contro il muro esterno, lasciando il posto a un silenzio terrificante. Jana singhiozzava in modo incontrollabile, non osando fare un passo avanti per la paura della cosa che era in agguato fuori.

Passarono lunghi minuti prima che riuscisse a costringersi a camminare verso la porta. Non c'era altra via d'uscita, e se il mostro se ne fosse andato, sarebbe stata almeno in grado di correre su per la rampa fino al livello superiore e fuggire dal locale. Strisciò verso la porta e non sentì nulla all'esterno. Si asciugò le lacrime dagli occhi e si diresse verso il livello inferiore, quasi conati di vomito per la polvere di cemento nell'aria. Improvvisamente percepì una presenza, sentendola più che sentendola, poi si girò alla sua destra e vide il mostro.

Jana Dragana cercò di urlare, ma ogni briciola di energia nel suo corpo era intrappolata nella sua gola. Fissava la bestia davanti a lei, la sua testa arrivava quasi all'altezza delle sue spalle mentre stava a quattro zampe. I suoi occhi serpentini, brillanti come rubini, sembravano fissare le profondità della sua stessa anima. Vide le sue zanne mentre ansimava, il muso intriso di sangue. Ogni nervo del suo corpo era passato alla modalità di sopravvivenza, ed era pronta a correre per la sua vita se non fosse stato per il terrore che le attanagliava il cuore. Si rese conto che se si fosse mossa di un solo centimetro, questo mostro sarebbe stato in grado di strapparle la faccia con un solo morso.

"Bel cane", disse, le parole le uscirono di bocca.

Strinse gli occhi, e lei sapeva senza dubbio che era morta. Cominciò a sussurrare preghiere a Gesù, Maria e Giuseppe, ma subito il lupo si girò e galoppò verso la rampa d'uscita. Lei cadde in ginocchio, ignara dell'impatto straziante che normalmente le avrebbe fatto urlare di dolore. L'animale si arrampicò sulla rampa e scomparve.

Tutto quello che riuscì a fare fu cadere in avanti sulla faccia, singhiozzando istericamente per il terrore. Rimase lì a piangere per molto, molto tempo, poi riuscì ad alzarsi in piedi per cercare di trovare un modo per scappare.

Quello che aveva considerato il paradiso solo questa mattina era ora diventato l'inferno.

CAPITOLO NOVE

Steve Lurgan si svegliò la mattina dopo vicino a un tubo di fogna situato all'interno di un burrone. Era completamente nudo, e rotolò fuori da sotto alcuni cespugli fino all'apertura dove trovò il sacco della spazzatura che aveva messo lì. Rapidamente si rivestì e recuperò le sue cose, sorridendo ironicamente al pensiero di un vagabondo che si fosse imbattuto nel sacco solo per trovarsi faccia a faccia con il lupo. Si infilò il portafoglio in tasca, si mise l'orologio Rolex, poi chiamò Darko Lucic al cellulare.

"Steve", rispose. "Ho trovato Jana fuori dal complesso e l'ho riportata in città. È tornata a casa sua, spero che stia smaltendo la paura. Le ho detto tutto tranne che del lupo, e ha accettato di non muoversi finché non avrà nostre notizie".

"Vuoi dire che l'hai lasciata da sola nell'appartamento?"

"Sono fuori dall'appartamento. Sono dodici ore che piscio in un barattolo e mi sento come se fossi seduto in un barattolo di carboni ardenti. Se Evilenko manda qualcuno a cercarla, lo seguo il più possibile prima di dover chiamare i rinforzi. Stai rientrando?"

"Appena posso arrivare alla stazione Amtrak", rispose.

Poi cercò in Internet con il suo telefono e trovò un servizio di auto vicino alla zona, chiamò un veicolo per prenderlo sulla strada di fronte al complesso HPS. Il campus era assolutamente sereno dall'esterno, e nessuno avrebbe avuto idea della carneficina all'interno finché lui o Darko non avessero chiamato la polizia statale. Mentre aspettava la macchina, decise di chiamare Jana.

"Pronto?" rispose assonnata dopo sei squilli, poi improvvisamente scattò. "Steve!"

"Jana. Stai bene?"

"Dove sei?"

"Sono ancora a Catskill. Darko è giù nel furgone a sorvegliare l'entrata principale. Se Evilenko o qualcuno dei suoi si fa vivo, i rinforzi saranno lì a minuti. Dovrei essere lì tra qualche ora, quindi tieni duro".

"Vuoi dire che nessuno ha ancora chiamato la polizia? E tutte quelle persone che sono state uccise da quel mostro, quel lupo?"

"Jana, hai visto quel database. Stavano trasportando parti del corpo. La cosa più importante ora è catturare Evilenko. Ha legami con i russi e i cinesi, e se lascia il paese non sarà mai assicurato alla giustizia. Se pensa di essere ancora in tempo, probabilmente farà un'altra mossa o due per chiudere i suoi affari e noi riusciremo a prenderlo".

"Era la seconda volta che vedevo quell'animale, la seconda volta che faceva a pezzi la gente!" cominciò a piangere. "Come può succedere una cosa del genere? L'unico modo per convincere tutti che non sono pazza è che trovino quei corpi nella struttura!"

"Abbiamo le prove che il lupo ha fatto quello che ha fatto, e sia io che Lucic possiamo testimoniare di averlo visto", la rassicurò gentilmente. "Inoltre sono sicuro che le telecamere di sicurezza di Evilenko hanno ripreso tutto quello che è successo sulla banchina di carico. Non hai nulla di cui preoccuparti. Una volta che avremo inchiodato Evilenko, sarà tutto finito. Io e Darko faremo in modo che tu non veda mai più quell'animale".

"Come è potuta accadere una cosa simile!", gridò. "Prima Kane North e i suoi amici sono stati uccisi, poi i dipendenti di Zora Vladic! Qualcuno mi sta seguendo con quella bestia in qualche modo! Come ha potuto qualcuno portare una cosa simile nella mia vita, e perché?"

"Jana, ho una chiamata in arrivo da Darko", le disse mentre il suo telefono cominciava a suonare. "Fammi vedere cosa vuole e ti richiamo subito".

"Steve?" Lucic era ansioso. "Si è appena fermata una macchina e due uomini si sono diretti verso l'edificio. Ho la sensazione che siano di Evilenko".

"Cosa facciamo?" chiese Steve nervoso. "Non c'è altra via d'uscita che l'ingresso principale. C'è una via d'uscita nel vicolo posteriore, ma da lì non c'è modo di arrivare alla strada. Sarai in grado di seguirli?".

"Farò del mio meglio. Se li perdo non ho altra scelta che chiamare i rinforzi".

"Tienimi informato. Sarò lì il prima possibile".

Steve era fuori di sé quando il tassista arrivò, e si fece portare dall'autista al servizio di noleggio auto in città. Scelse una Chevy Camaro e fece sfrecciare l'auto verso l'autostrada entro un'ora. Sapeva che si trattava di due ore e mezza di viaggio, e che se avesse mosso il culo sarebbe stato in città al più tardi alle nove del mattino. Pensava che Darko sarebbe stato in grado di stare addosso ai russi o a chiunque stesse dando la caccia a Jana, e se non fosse stato così, almeno la polizia sarebbe arrivata e avrebbe inchiodato i bastardi.

Sapeva che la fine della tribolazione era finalmente arrivata per lui. Non importava come sarebbe andata a finire, sarebbe andato in qualche posto come l'Alaska o l'Arizona dove avrebbe potuto lasciare la bestia libera nella natura selvaggia per qualche giorno al mese. Non c'era modo che potesse avere una vera relazione con qualcuno, e si era illuso che qualcosa fosse possibile con Jana. Il mostro sarebbe rimasto con lui per il resto dei suoi giorni. La sua unica speranza sarebbe stata quella di procurarsi una baracca in qualche angolo isolato della mappa e fare del suo meglio finché non fosse arrivato il suo momento del mese, come una specie di mestruazione bizzarra che richiedeva il salasso degli altri.

Ora sapeva che il mostro era benevolo a modo suo, altrimenti avrebbe fatto a pezzi Jana. Era quasi come se lo ricordasse mentre fissava Jana, godendo del suo orrore prima di scappare via, anche se non poteva dire se fosse stato un sogno o meno. Ricordava lo scricchiolio delle ossa e lo strappo della carne, enormi pezzi di carne dagli avambracci e dalle gambe degli uomini. Ricordava anche che erano scesi sul lupo come se fosse un grosso insetto, una cosa orribile che doveva essere schiacciata. Quanto di tutto ciò riguardava una bestiale follia omicida, e quanto riguardava la sopravvivenza? Certamente aveva previsto che la bestia li avrebbe raggiunti alla banchina di carico, ma ci sarebbe stato qualche spargimento di sangue se avessero semplicemente camminato o corso via? Se solo potesse ricordare. *Dio, se solo potesse ricordare.*

Sfrecciò lungo la I-87 per tornare in città, frenando a malapena per evitare gli autovelox mentre la Highway Patrol sedeva nelle sue corsie trasversali in attesa dell'imprudente. A un certo punto pensava che lo avessero in pugno a 80 miglia all'ora, ma invece era arrivato in picchiata e aveva inchiodato davanti ad uno studente universitario che stava tornando in città. Utilizzò il suo collaudato metodo di giocare alla cavallina con le altre auto, avvicinandosi a poco a poco a loro da dietro fino a quando non iniziò a sprintare a 90 MPH per superarle. Poi si avvicinò all'auto successiva e replicò il processo.

"Steve", accese il telefono mentre Darko richiamava. "Sono usciti e c'era Jana con loro. Sembra che stiano guidando verso Brooklyn. Stanno entrando nell'ora di punta, quindi non credo che sarà un problema stargli dietro. Fammi sapere quando arrivi in città e ti dirò a che punto siamo. In questo momento, sembra che si stiano dirigendo verso il Manhattan Bridge, quindi tieniti in contatto. Ti lascio, così non mi si scarica la batteria".

"Ricevuto", rispose Steve.

Si irritò di dover pagare un pedaggio di dieci dollari per il privilegio di essere inghiottito nella congestione del traffico di New York. Si era imbattuto nel torrente di veicoli strombazzanti che cercavano di passare l'uno accanto all'altro sulla strada per il Lincoln Tunnel e per il Manhattan Bridge. Era divertito dall'idea che il lupo si manifestasse e saltasse sui tetti dei veicoli per arrivare dove doveva essere. Molto probabilmente dopo ci sarebbero state un sacco di auto abbandonate da rimorchiare.

Erano quasi le nove e trenta quando raggiunse il Manhattan Bridge, e chiamò Darko per farglielo sapere.

"Ok, sembra che ci stiamo dirigendo verso Flatlands a Flatbush, la zona dei magazzini", riferì Lucic. "Ora ricevo un segnale di batteria scarica. Mi faccio dare un indirizzo, trovo un posto per piantonarli e ti richiamo".

Steve scese dal ponte e si diresse dritto verso Flatbush Avenue, guidando con molta più disinvoltura ora che sapeva che Darko li aveva individuati. Ora sapeva che si trattava solo di intrappolarlo e di carpire a Evilenko il segreto del lupo. Sapeva che Evilenko lo avrebbe usato come cavia, avrebbe fatto esperimenti su di lui finché non fosse stato in grado di imbrigliare il potere del lupo. Sarebbe stato uno scambio diretto, rinunciare a se stesso per Jana. Doveva solo assicurarsi che Jana fosse al sicuro prima di accettare le condizioni di Evilenko, e che la bestia potesse liberarsi quando il sole fosse tramontato ancora una volta.

"E così vedi, mia cara, Steve Lurgan in qualche modo è riuscito a far trasportare la bestia qui negli Stati Uniti, e stava progettando di offrire i suoi servizi al miglior offerente", disse Evilenko gentilmente alla ragazza piangente dall'altra parte della scrivania nel suo ufficio arredato con gusto. "Aveva fatto dei collegamenti con i trafficanti del mercato nero in Kosovo durante la guerra, e in qualche modo si è impossessato di questa sfortunata bestia in quel periodo. Come sai, i serbi bianchi cristiani sono tra i popoli più intelligenti e scientifici della storia del mondo. Non ho dubbi che il lupo fosse un prodotto dell'ingegneria genetica, e che fosse programmato per obbedire ai comandi e svolgere determinate funzioni. Potrebbe anche essere stato rubato dagli albanesi e poi consegnato a Lurgan per essere riqualificato, non abbiamo modo di saperlo con certezza".

"Ma... e quell'informazione nel database...?"

"È stato un sotterfugio molto intelligente, e io e Ilija ne siamo venuti a conoscenza non appena hai aperto il file nel nostro sistema. Questo è il motivo per cui siamo venuti in ufficio poco dopo che l'hai chiuso. Sapevamo che ti avrebbe inviato informazioni che aveva rubato dal database dei black marketers cinesi. Aveva già tentato di ricattarci, chiedendoci di consegnare un progetto classificato a cui stavamo lavorando per il governo. Quando abbiamo rifiutato, ci ha detto che ci avrebbe fatto pentire della nostra decisione. I miei uomini stavano spostando i dati della nostra ricerca su dei camion per trasportarli in un'area di stoccaggio, quando ha aizzato il lupo contro di loro".

"Questo è terribile, semplicemente terribile", gridò, ringraziando una delle due enormi guardie del corpo nella stanza con loro mentre le porgeva un fazzoletto.

"Credo che la nostra unica possibilità sia di fargli portare qui l'animale per poterlo catturare e arrestare Steve", rivelò Evilenko. "Come sai, ha quel poliziotto disonesto di Lucic che lavora con lui. Non ho dubbi che si siano conosciuti in Kosovo. La pirateria informatica è uno dei crimini più redditizi del mondo in questo momento. Gli hacker come Lurgan possono fare milioni di dollari comprando e vendendo software spyware e virus. Con questo tipo di soldi da fare, non ci vuole un grande sforzo di immaginazione per capire perché Lurgan arriverebbe a tali estremi per raggiungere i suoi obiettivi".

"Mi chiedevo cosa ci facesse con un camioncino", singhiozzò . "Lucic disse che era stato ferito e che aveva le stampelle, ma non l'ho mai visto salire o scendere dal camion. Avrebbe senso che si siano inventati questa storia per trasportare quel mostro. Probabilmente è rimasto dentro il camion in modo che la bestia non facesse rumore. Quando era fuori dalla struttura ad aspettarmi quando sono scappata dalla bestia, avrei dovuto sospettare qualcosa. Solo che ero così terrorizzata che potevo solo essere grata che mi stesse aiutando a scappare. Mi ha riportata subito all'appartamento e mi ha detto che mi avrebbe aspettata fuori. Signor Vlasic, crede che..."

"Non preoccuparti, mia cara. In effetti, i miei soci l'hanno individuato parcheggiato a un isolato da qui. Mentre parliamo, i miei uomini stanno..."

"Signore, è appena arrivato", un altro uomo in abito nero entrò nell'ufficio. "Abbiamo visto una Camaro nera parcheggiare dietro il camioncino prima che l'autista salisse con Lucic. Uno dei nostri uomini ha fatto un giro e ha visto Lurgan sul lato passeggero".

"Bene", sorrise Evilenko. "Sono sicuro che farà la sua mossa molto presto".

"Non chiama la polizia?" Si chiese Jana.

"L'FBI ci ha chiesto di mantenere le nostre posizioni fino a quando non potranno mettere in atto il loro piano", rispose Evilenko. "A quanto pare Lurgan ha i suoi contatti russi che si stanno avvicinando alla nostra posizione. Si aspettano di prenderci alla sprovvista e di rubare le informazioni sulla ricerca che sono riuscito a salvare dal nostro quartier generale quando sono scappato. Vedi, mia cara, era sicuro che avrei fatto in modo che i miei uomini si mettessero in contatto con te e ti portassero qui. Ha immaginato che tu lo avresti condotto direttamente da noi. Il fatto che Lucic ti abbia convinto che stava facendo la guardia lo giustificava a rimanere in appostamento davanti a casa tua. Solo che ora abbiamo cambiato le carte in tavola, e quando i russi arriveranno, l'FBI si muoverà e li arresterà tutti".

"Quindi aspetteremo qui?" Jana stava riuscendo a ricomporsi.

"In realtà, se vuoi, puoi servirci ancora di più", rispose Evilenko. "Ho fatto trasferire un'unità di ricognizione nell'impianto di ricerca dopo che Lurgan e Lucic se ne sono andati. Hanno raccolto i documenti rimasti prima di notificare all'FBI l'attacco di Lurgan. Stanno venendo qui ma non hanno familiarità con il traffico di New York. Forse puoi contattarli su Internet e guidarli qui".

"Va bene, signore", accettò Jana, sentendosi una Bond Girl in mezzo a tutti gli intrighi.

"Signore, non ci crederà mai", annunciò il tenente di Evilenko mentre riattaccava il cellulare. "Lurgan è sceso dal camion e sta venendo direttamente qui".

"Bene", Evilenko sorrise mentre gli occhi di Jana si

allargavano per l'apprensione. "Manda qualcuno al piano di sotto e fallo entrare".

Meno di un'ora dopo, Steve Lurgan si ritrovò legato a un tavolo di metallo in un laboratorio forense improvvisato con tubi che sporgevano dalle arterie e dalle vene del suo corpo. Era stato catturato dai mafiosi russi che lavoravano con Evilenko e portato direttamente al secondo livello del seminterrato del complesso di magazzini.

Quando si era fermato dietro il furgoncino ed era salito accanto a Lucic, aveva detto a Darko che intendeva camminare fino al magazzino per essere catturato da Evilenko.

"È la nostra migliore occasione", spiegò. "Se mi consegno, aspetteremo il tramonto e lui e i suoi uomini saranno finiti. Se mi fa fuori e cerca di andarsene con Jana, chiama i rinforzi".

"Non capisco cosa stai cercando di ottenere", insistette Darko. "Vuoi che aspetti qui fuori fino al tramonto, così puoi uccidere tutti quelli che si trovano nell'edificio?".

"Ragiona con me. Cosa pensi che sia successo a Catskill dopo che ce ne siamo andati? Non credi che abbia mandato qualcuno dietro di noi a ripulire tutto? Se vuoi inchiodarlo per aver ucciso quei bambini e venduto i loro organi, avrai bisogno di tonnellate di prove. Se riesco a fargli credere di avere ancora tempo a disposizione, sposterà la sua roba. Più a lungo posso resistere con lui, più tempo gli diamo per raccogliere le prove in un unico posto".

Evilenko pensò giustamente che Steve stesse pensando a queste cose, e lo fece portare al piano inferiore dove lo aspettava il dottor Boza Andela. Andela era uno dei più importanti neurochirurghi della Serbia che aveva disertato in Albania durante la guerra ed era entrato a far parte del mercato nero degli organi. Aveva condotto la maggior parte degli interventi sui cadaveri dei ragazzi rapiti che erano stati portati a Catskill. Era fuggito insieme a Evilenko nel furgone che trasportava la bomba all'antrace che avevano sviluppato nell'ultimo anno.

"Il dottor Andela ti terrà d'occhio mentre la tua ragazza guida i nostri soci di Al Qaeda in questo luogo", Evilenko si era goduto lo sguardo di stupore sul volto di Steve. "Sono arrivati a Montreal un paio di giorni fa per prendere possesso dell'arma. Il loro piano era - è - di farla esplodere vicino al bacino di Central Park. I vostri brutali tentativi di forzarmi la mano hanno accelerato un po' il nostro programma, ma è meglio prima che mai".

"Bastardo malato!" Steve sibilò. "Sai quante migliaia di persone stai per avvelenare?"

"Niente nella vita è gratis, naturalmente", rispose Evilenko, aggiustando la sua cravatta dorata da cento dollari che compensava la camicia di seta bianca da cinquecento dollari. "Il dottor Andela è già un uomo molto ricco, come me e il resto della nostra squadra. I sostenitori di Al Qaeda hanno contribuito con dieci milioni di dollari come pagamento per la bomba. Questo, insieme all'indennizzo assicurativo per il laboratorio di ricerca che diremo che avete distrutto, così come le parti del corpo e gli organi di ricambio che abbiamo recuperato, ci permetterà di andare tutti molto avanti nel gioco".

"Sai che Lucic sta solo aspettando di premere il pulsante di chiamata e far brulicare i poliziotti in questo posto", Steve si sforzò contro i suoi legami.

"Se avesse voluto farlo, l'avrebbe già fatto", sorrise Evilenko, estraendo una Glock-17 da una fondina a tracolla sotto il suo abito firmato da cinquemila dollari. "Spera di vendicarsi per l'uccisione del suo compagno, lo sappiamo entrambi. Perché altrimenti dovremmo pensare che sta pisciando in un barattolo da ieri? Si aspetta che tu ti trasformi in lupo mannaro e uccida tutti, salvi quella stupida ragazza e viva felice e contento. Purtroppo ho altri piani".

"Spero che includano il fotterti, figlio di puttana!" Steve sibilò.

"Ti ricordi di questa", Evilenko rilasciò il caricatore e fece scoppiare uno dei proiettili rivestiti d'argento. "È quella che hai usato per porre fine alle sofferenze dell'ultima povera anima. Il dottor Andela farà una serie di esami nelle prossime ore fino al tramonto. Preleveremo sangue, midollo osseo, liquido spinale, qualsiasi cosa possa essere utile. Quando comincerai a provare le tue allucinazioni licantropiche, il dottor Andela porrà fine alle tue sofferenze in modo permanente".

"Capitano Evilenko, gliel'ho già detto, sono un medico, non un assassino", supplicò Andela. "Ho violato il mio giuramento d'Ippocrate più volte di quante ne possa ricordare nel corso di questo progetto, ma questo è il mio limite. Non ucciderò un uomo, signore, non lo farò!"

"Calmati, amico mio", lo rassicurò Evilenko. "Tornerò qui io stesso prima del tramonto e me ne occuperò personalmente una volta completati i tuoi test. La mia unica preoccupazione è che dovrò dare la massima priorità al trasferimento della bomba quando arriveranno gli agenti di Al Qaeda. Se io sono occupato, allora tu dovrai occuparti di questo tizio. Stia certo che se dovesse avere un episodio maniacale, potrebbe trovarsi di fronte alla scelta di eliminarlo per autodifesa".

"Capisco quello che mi sta dicendo, capitano".

"Molto bene. Continui."

Darko Lucic sedeva nel camion mentre il giorno passava, chiedendosi cosa stesse succedendo all'interno del tranquillo magazzino sulla strada deserta. La sua spina dorsale si contraeva regolarmente in un dolore lancinante, e doveva scaricare il piscio dalla sua lattina fuori dal finestrino ogni due ore. Era distratto dal pensiero di aver aggravato la sua lesione spinale fino a causare danni irreversibili, ma era certo di non poterla peggiorare più di quanto non fosse ora.

Guardò passare mezzogiorno, poi le ore si trascinarono oltre le tre del pomeriggio. Quando si avvicinarono le cinque e mezza, notò che il sole cominciava a tramontare a ovest e la silhouette della luna diventava appena visibile nel cielo azzurro, mentre diventava un'ombra più scura. Tirò su la sua borsa da viaggio e tirò fuori la fondina da spalla, grugnendo mentre si toglieva la giacca per allacciarla. Poi sopportò la tortura di piegarsi in avanti per allacciare la fondina della caviglia. Infine raggiunse dietro di sé e tirò fuori le stampelle d'acciaio. Ci sarebbe voluto tutto quello che aveva per entrare in quel magazzino, ma era andato troppo oltre per tornare indietro adesso.

Accese il motore e percorse l'isolato fino al magazzino da dove era parcheggiato lungo un vicolo cieco. Aprì la portiera e puntellò le stampelle per sostenersi, poi scivolò dal sedile del conducente e quasi svenne nel trasferire il suo peso a terra.

"Ehi, fottuto poliziotto", lo sfidò uno dei quattro russi all'ingresso del magazzino. "Questa è proprietà privata. Stai bloccando il traffico".

"Ok, bastardi, mettetevi contro il muro, siete tutti in arresto", Lucic tirò fuori il suo distintivo dalla tasca dei pantaloni e lo infilò nel taschino.

"Esci dalla proprietà, fottuto storpio!" lo schernì uno dei russi prima che iniziassero ad estrarre le loro pistole.

Proprio quando entrambe le parti iniziarono ad aprire il fuoco, il suono del motore di un camion iniziò a ringhiare dalla zona del garage del magazzino, mentre Bojan Evilenko si preparava a incontrare gli agenti di Al Qaeda al punto d'incontro dove avrebbe consegnato la bomba all'antrace. Mandò uno dei suoi luogotenenti ad assicurarsi che Jana

Dragana avesse confermato l'appuntamento con i terroristi vicino al complesso della Torre di Guardia sul ponte di Brooklyn. Una volta verificato ciò, avrebbe sparato a Jana in testa per assicurarsi che non avesse storie da raccontare su ciò che aveva visto.

Il tenente sentì gli spari all'esterno e si precipitò in aiuto dei suoi compagni, dimenticando per il momento Jana. Jana, sentendo gli spari risuonare dalla strada sottostante, si precipitò alla finestra e poté vedere Lucic che si rifugiava dietro un lampione mentre scambiava colpi con i russi. Tirò fuori il suo cellulare e scoprì che non solo la sua batteria si stava scaricando, ma che non riusciva a prendere il segnale. Cominciò a piangere mentre guardava lo scontro a fuoco di sotto, senza avere idea di quello che le sarebbe potuto succedere.

Anche il dottor Andela sentì gli spari e fissò freneticamente la porta, aspettandosi i passi di Bojan Evilenko, ma senza successo. Immediatamente, vide gli occhi di Steve roteare all'indietro e la sua schiena si inarcò orrendamente prima di iniziare le convulsioni. Andela fissò la Glock sul tavolo accanto alla sua attrezzatura medica che aveva usato per prelevare fluidi e campioni da Steve durante la giornata. Eppure non avrebbe sparato a un uomo, tantomeno a sangue freddo. Aveva venduto la sua anima a Evilenko per più di un milione di dollari in un conto bancario svizzero, ma qui avrebbe posto un limite.

Non poteva credere ai suoi occhi mentre guardava la cassa toracica di Steve espandersi, gonfiandosi fino a quasi il doppio della sua dimensione normale. La crescita dei capelli e delle unghie accelerò in modo mostruoso e gli arti cominciarono a contorcersi come rami d'albero in terribili deformazioni. Il suo viso era contorto dal dolore, ma sembrava che la crescita innaturale dei capelli e delle unghie si fosse estesa ai denti, che iniziarono a sporgere dalle labbra. Steve emise allora un urlo terribile, quasi identico a quello che aveva sentito in un campo di sterminio vicino al Kosovo, dove i musulmani albanesi avevano sparato a trenta civili cristiani serbi. Solo che queste non erano le urla di donne e bambini terrorizzati. Erano le urla dei dannati che imploravano di essere liberati dalle fosse dell'inferno.

Era quasi come guardare qualcuno che si radeva, o vedere qualcosa bruciare in un incendio. La metamorfosi era così improvvisa e assoluta che quando si concentrava su una zona del corpo, un'altra si trasformava a una velocità stupefacente. Quando Andela distolse gli occhi dal volto martoriato di Steve, vide che tutto il suo corpo era ricoperto di peli e che le gambe si erano curvate in enormi palle di muscoli d'acciaio che terminavano con stinchi simili a bastoni e piedi clavati simili ad artigli. Qualcosa che sembrava quasi una coda sporgeva da sotto le natiche. Quando tornò a guardare la faccia di Steve, il suo naso e la sua mascella cominciavano a sporgere come un Neanderthal.

Le urla avevano lasciato il posto a un ruggito ultraterreno che gelò il midollo delle ossa di Andela. Non era il ruggito di un uomo o di una bestia, ma quello del diavolo in persona. Andela cadde all'indietro in preda al terrore, e subito la bestia che era Steve Lurgan spezzò i suoi legami come se fosse carta igienica. Il dottore quasi svenne quando il mostro fu in piedi sul tavolo, torreggiando su di lui con le fauci spalancate come quelle di uno squalo assassino. Fissò i suoi occhi, che brillavano come braci mentre fissavano l'anima di Andela. Il dottore cominciò a piangere istericamente e perse il controllo delle sue viscere mentre un fetore ripugnante riempiva la stanza. Ancora una volta da fuori si sentì il suono degli spari e subito il lupo gigante saltò giù dal tavolo e attraversò la porta come se fosse fatta di legno sottile.

Fuori, Darko era rannicchiato dietro il lampione per

salvarsi la vita, dato che diversi colpi si erano fatti strada nel metallo, ma non erano ancora riusciti a penetrare in entrambi i lati. Sparò singoli colpi in risposta, tenendo a bada i quattro uomini armati che si nascondevano nelle porte, cercando di avvicinarsi per avere un colpo pulito su Lucic. Loro imprecavano e lo schernivano, sperando che lui scappasse verso il camion, così potevano sparargli alla schiena. Sapevano che Evilenko si stava preparando a tirare su la porta d'acciaio del garage e ad andarsene con la bomba all'antrace, e a quel punto avrebbero rispettato la loro parte dell'accordo con lui.

Gli uomini armati percepirono un movimento dietro di loro, e si voltarono a fissare con sgomento la bestia gigante che si avvicinava. Era il tipo di terrore che si prova allo zoo, quando ci si gira per scoprire che uno degli animali era scappato dalla gabbia e si era insinuato dietro di loro. Si voltarono e cominciarono a sparare al mostro, che scattò verso l'uomo armato più vicino e gli inghiottì tutta la faccia tra le fauci. I loro occhi si spalancarono quando sentirono le ossa della faccia dell'uomo scricchiolare sotto la pressione, il sangue schizzare sul pavimento di cemento mentre il suo corpo si afflosciava.

Darko prese l'iniziativa zoppicando su una stampella, mantenendosi in qualche modo in equilibrio mentre apriva il fuoco contro i suoi aggressori. Uno degli uomini si piegò mentre i proiettili gli squarciavano la schiena e un altro crollò per un proiettile nella parte posteriore del cranio. La bestia, nel frattempo, era saltata sul quarto uomo e gli aveva spezzato il braccio allungato a metà come un grissino. Cadde a terra urlando, mentre Darko fissava gli occhi del lupo inzuppato di sangue.

"Ok, vacci piano, Steve", disse Darko, con i testicoli raggrinziti dallo spavento. "So che sei lì dentro da qualche parte. Dobbiamo salvare Jana e fermare Evilenko. Il suo camion sta per partire e io non farò mai in tempo a rimettermi al volante".

Subito il lupo gigante si precipitò in direzione del garage. Darko alzò lo sguardo e vide Jana che guardava dalla finestra del secondo piano, e le fece cenno di scendere mentre si accovacciava agonizzante per recuperare l'altra stampella. Sperava solo che non arrivasse la polizia, o che un passante non sentisse le urla dell'assassino mutilato e chiamasse la polizia. Non aveva dubbi che se Evilenko fosse scappato, avrebbe venduto gli organi raccolti ai cinesi prima di fuggire dal paese. Non aveva la minima idea della bomba all'antrace. La sua unica preoccupazione era arrestare Evilenko prima che potesse lasciare il posto. Eppure non si sarebbe sorpreso se Evilenko avesse riempito il camion di esplosivi per distruggere le prove, se necessario.

Zoppicò agonizzante dalla parte anteriore del magazzino al garage, con lacrime di dolore che gli scorrevano sulle guance. Vide che la porta scorrevole era stata parzialmente sollevata, e riuscì a piegarsi abbastanza da scivolare dentro. Vide l'enorme camion davanti a lui, e alla sua sinistra Evilenko sedeva rannicchiato davanti alla bestia che lo teneva intrappolato nel pannello di controllo nell'angolo.

"Ok, Bojan, non fare mosse false. Quella cosa ha appena fatto a pezzi quattro dei tuoi ragazzi fuori", Darko si avvicinò con cautela al camion. "È tutto finito, non vogliamo che qualcun altro venga ucciso qui. Cercherò di raggiungere il camion e di spegnerlo. Qualunque cosa tu faccia, non eccitare quel dannato affare".

"È Lurgan, lo sai, stupido", rispose Evilenko rauco. "Riesce ancora a pensare chiaramente e a capire, altrimenti sarei morto. Ho già armato la bomba, è programmata per esplodere entro un'ora. Quando chiamerai i tuoi amici e loro manderanno gli artificieri, l'arma avrà ricoperto di antrace tutta Flatbush".

"Quale bomba?" Chiese Lucic.

"Abbiamo completato con successo lo sviluppo di una bomba all'antrace per una cellula di Al Qaeda qui in Nord America", Evilenko fece una risatina. "Nel caso in cui il nostro accordo con i cinesi fosse annullato o sabotato da quelli come voi, abbiamo fatto piani alternativi per vendere la bomba ad Al Qaeda prima di fuggire dal paese. Una delle caratteristiche che abbiamo installato era un detonatore manuale irreversibile nel caso fossimo intrappolati o catturati come ora. Ha poco valore se non quello di fornirci una misura di vendetta contro coloro che hanno sventato i nostri piani".

Subito, Jana Dragana si infilò sotto la porta basculante e quasi svenne alla vista della bestia a pochi metri da lei.

"Jana!" Darko la chiamò. "Non preoccuparti, va tutto bene, ma non fare movimenti improvvisi. Questo pazzo figlio di puttana vuole far esplodere una bomba all'antrace in quel camion. Non credo che gli artificieri possano arrivare in tempo per fermarlo!".

Subito la bestia si voltò e fissò gli occhi di Darko, e lui combatté il fremito nel suo petto mentre cercava di concentrarsi su un impulso improvviso nel suo cervello.

"Il caveau sotterraneo", si rese conto. "Se riusciamo a portare questa dannata cosa nel caveau di Staten Island, potrebbe essere in grado di contenere l'esplosione!"

Il lupo gigante bloccò Evilenko con i suoi ringhi gutturali mentre Darko zoppicava verso il retro del camion con Jana dietro di lui. Lei lo aiutò ad aprire la porta e rimasero in soggezione di fronte al dispositivo cilindrico nero che sembrava avere un diametro di circa tre metri. Aveva un grande dispositivo rotondo in cima, e assomigliava a un disco volante dei film.

"Come facciamo a spostarlo? Deve pesare una tonnellata!". Jana era costernata.

"Ce ne preoccuperemo quando saremo lì. Sali sul camion".

Guardarono affascinati mentre il lupo gigante affondava i suoi denti intorno alla vita di Evilenko, afferrando la sua cintura e il davanti dei pantaloni. Il capitano gridò allarmato quando i denti del mostro gli strapparono la pelle. Lo pungolò e lo spinse all'indietro verso la parte posteriore del camion, rilasciandolo infine quando raggiunsero la porta posteriore. Evilenko istintivamente rotolò nel veicolo, e la bestia saltò dentro dall'altro lato della bomba mentre Darko chiudeva il portellone alle loro spalle. Zoppicò di nuovo verso il pannello di controllo della porta basculante, cercando di combattere il dolore accecante mentre la sollevava completamente. Poi tornò alla cabina e guidò il camion fuori dal garage verso il ponte Verrazano-Narrows a Staten Island.

Ci volle quasi mezz'ora per raggiungere la villa, e Darko sapeva che era una corsa contro il tempo. Il camion rimase in silenzio per tutto il tragitto, mentre Darko lottava per non crollare in agonia e Jana fissava distratta fuori dal finestrino. Evilenko cercò una o due volte di parlare al lupo, ma i suoi orribili ringhi stringevano il cuore di tutti con terrore. Finalmente entrarono nel vialetto e Darko riuscì ad abbassarsi sul marciapiede. Jana vide l'agonia in cui si trovava e si precipitò ad aiutarlo a scendere.

Darko aprì la porta del garage e guidò il camion all'interno, e fu euforico nello scoprire che c'era un montacarichi installato dagli spacciatori che permetteva loro di trasportare oggetti ingombranti nella zona sotterranea. Aprì la porta per far uscire Evilenko e la bestia. Evilenko saltò di lato mentre il mostro mise le sue fauci intorno a uno degli spazi tagliati in entrambi i lati della cresta del dispositivo. Trascinò la bomba fuori dal camion in modo che il dispositivo atterrasse sul pavimento del garage con uno schianto assordante. Darko intuì che doveva pesare più di centotrenta chilogrammi , il che gli diede un'idea della potenza della creatura.

Poi spinse la bomba nell'ascensore con le zampe anteriori, e Darko avrebbe ricordato quanto sarebbe stato divertente se non fossero stati spaventati a morte. Non si era nemmeno preoccupato di estrarre di nuovo la pistola, perché Evilenko non si sarebbe sognato di scappare da quella cosa. Dopo aver caricato la bomba nell'auto, ringhiò minacciosamente verso Evilenko, con le viscere cruente delle sue vittime ancora incrostate sul muso e sul petto. Evilenko entrò istintivamente nell'ascensore, fissando il pannello di controllo come ultima possibile via di fuga.

"Non pensarci nemmeno", disse Darko mentre lui e Jana entrarono dietro di lui, seguiti dal lupo. "Non importa dove vai, questa cosa ti troverà".

L'ascensore ronzò mentre le porte si chiudevano e scendeva lentamente verso le camere sotterranee. Quando si riaprirono, il lupo cominciò a spingere la bomba verso il caveau dove era stata intrappolata la notte prima. Darko zoppicò e inserì il codice, e la porta del caveau si aprì lentamente. Guardarono con apprensione mentre la bestia spingeva la bomba nel caveau, poi usò il suo muso per sbattere la porta d'acciaio. Poi si avvicinò e si sdraiò davanti alla porta dell'ascensore. I tre si guardarono l'un l'altro, rendendosi conto che non avevano altra scelta che aspettare qui fino a quando la bomba non fosse esplosa.

Circa dieci minuti dopo, i tre quasi saltarono fuori dalla loro pelle quando un'esplosione come non avevano mai sentito avvenne nel caveau. Nonostante il fatto che la bomba fosse chiusa nel caveau, il boato fu così forte che l'intonaco si incrinò lungo i soffitti e i pavimenti di tutto il seminterrato. Caddero oggetti dagli scaffali, e il monitor del sistema di sorveglianza esplose quando si staccò dalla console e cadde sul cemento.

Potevano sentire gli allarmi antifurto scattare in tutta la casa e si resero conto che la polizia sarebbe arrivata.

Con questo, il lupo si alzò dal cemento e si avvicinò alla porta del caveau. Si alzò sulle zampe posteriori e colpì con il muso il pulsante rosso di emergenza sul pannello di controllo, facendo aprire la porta.

"Steve! No!" Darko urlò, facendo sì che Jana lo fissasse con stupore.

Il lupo non gli prestò attenzione, ringhiando verso Evilenko, piegando le massicce spalle come se fosse pronto a balzare. Gli occhi del capitano sfrecciarono all'impazzata, cercando un modo per sfuggire al mostro. Quando si muoveva di un centimetro in qualsiasi direzione, la bestia si spostava come se volesse tagliargli la strada e saltargli addosso. I ringhi e i ruggiti della creatura erano così terribili che Evilenko scivolò all'interno della cassaforte nel disperato tentativo di scappare. Con questo, il lupo si alzò e sbatté la porta dietro di sé.

"Steve! Non puoi...!" Darko ansimò, ma subito il lupo divenne come un cane da pastore, ringhiando e accerchiandoli per costringerli a rientrare nell'ascensore. Loro fecero insensibilmente quello che gli ordinò, e alla fine il mostro entrò accanto a loro. Darko colpì il pannello di controllo per riportarli al livello superiore, mentre le urla e le grida di Bojan Evilenko riecheggiavano nelle loro orecchie.

CAPITOLO DIECI

Caro Steve,

*Quando leggerai questo messaggio , io sarò lontano da
New York, lontano dai terribili ricordi delle mie recenti
esperienze. Sfortunatamente questo mi terrà anche
lontano da te, e credo che sia così che doveva essere.*

*L'uomo che conoscevo come Zora Vlasic mi ha detto
molte bugie, e verità mischiate a bugie. Ho letto i
giornali e ora so chi è veramente e tutte le cose orribili
che ha fatto. L'unica cosa che non è stata spiegata è stato
il lupo che ha ucciso tutte quelle persone. Hanno detto
che era sotto indagine e che temevano che fosse una
tendenza che doveva essere fermata. Tutto quello che
posso dire è che spero che non tu sia coinvolto.*

*Non posso più ignorare il fatto che sono l'unica persona
che è stata coinvolta in tutti e tre questi incidenti. La
polizia ne è pienamente consapevole, ma il tuo amico*

Darko mi ha scagionato dai sospetti. Li ha distratti a cercare altrove, e io ne approfitto per lasciare New York per sempre. Non ho dubbi che se resto, un giorno quel lupo riapparirà nella mia vita. È una cosa che non vorrei mai più sperimentare.

Sei un uomo meraviglioso con una grande personalità, e avrò sempre a cuore i momenti che abbiamo condiviso insieme, e il tempo in cui ti ho considerato il mio migliore amico. Solo l'ultimo capitolo cercherò di cancellare dalla mia mente, anche se credo che sarà un incubo con cui vivrò sempre.

Dio ti benedica, Steve, sarai sempre nel mio cuore.

Con amore, Jana

"Beh, credo che sia tutto", Steve espirò con tensione mentre Darko posava la lettera sul tavolino tra di loro nel suo salotto. "Era la mia unica ragione di vita".

"Andiamo, Steve", lo rimproverò dolcemente Darko. "Anche se non ne hai avuto il merito, io e te sappiamo cosa hai fatto. Il giro di mercato nero di Evilenko è stato distrutto, i suoi legami con Al Qaeda sono stati eliminati e i suoi legami cinesi sono in fuga. L'FBI ha invaso il suo stabilimento nelle Catskills e ha avuto una giornata campale con i suoi database informatici. C'erano abbastanza prove per mettere tutti i membri della sua banda in prigione a vita, e in più hanno convinto Andela a diventare testimone dello Stato. Sei tu quello che avrebbe dovuto ricevere tutte le medaglie, non io. In effetti, voglio darle a te. Insisto".

"C'è solo un'ultima cosa che puoi fare per me", rispose Steve a bassa voce. Senza dire niente, tirò fuori una Glock-17, con un caricatore che entrambi sapevano essere caricato con proiettili rivestiti d'argento.

"Col cazzo, Steve", alzò le mani. "Neanche per il cazzo. Sono un poliziotto, non un boia. Se vuoi un omicidio per pietà, posso darti dozzine di nomi".

"Prova questo per la taglia", rispose Lurgan, posando la pistola sul tavolo. "Se tu prendessi questa cosa da me, ti toglierebbe definitivamente da quella sedia a rotelle. Se ti trasferissi nel deserto, da qualche parte come l'Arizona o il Nuovo Messico, persino la California, continueresti a percepire la tua invalidità, non avresti bisogno di lavorare. Tutto quello che dovresti fare è lasciare questa cosa fuori nel deserto una volta al mese per qualche giorno, durante il ciclo di luna piena. All'inizio bisogna abituarsi, ma dopo un po' cominci a ricordare le cose, e prendi il controllo".

"Non dirmi nemmeno che avevi il controllo di quella cosa".

"Non così", insistette Steve. "Guarda, è un lupo, l'hai visto. Agisce per istinto, ma ha il fattore umano nel suo subconscio, l'abbiamo visto. A volte può essere benevolo. Basta metterlo dove non è esposto alla violenza o non viene attaccato. Fuggirebbe anche se ne avesse la possibilità".

"Senti, sembra che tu stia cercando di farmi adottare un cane, e ti sei messo in testa che se ti sparo con una pallottola d'argento, tutte le vendite sono definitive", lo schernì Darko. "Lascia perdere. Ehi, portalo ai media, dai un'esclusiva a *Good Morning America*. Allora il governo non potrà toccarti. Ti metteranno in una struttura privata dove sarai libero di andare e venire, e dovrai solo fare il check-in durante il ciclo per l'osservazione e il confinamento. Uccidersi è una stronzata, Steve. Non sono a mio agio con quella cosa sul tavolo. Mettila via".

"Per me è finita, Darko", Steve lo raccolse lentamente. "Jana era tutto ciò per cui avevo davvero da vivere. Non posso passare il resto della mia vita a prendermi cura di questo lupo".

"Steve! No!" Darko urlò mentre Steve si puntava la pistola alla testa e premeva il grilletto.

Subito fu come se dalla bocca di Steve uscisse un torrente di ectoplasmi, i fantasmi di decine di esseri torturati che si riversavano ad arco sul tavolino e piombavano come un pugnale fantasma nel cuore di Darko. Gli occhi di Lucic rotearono all'indietro nella testa e cominciò a convogliare con tale violenza che cadde dalla sedia a rotelle come morto sul pavimento.

Non si mosse per mezz'ora dopo, fin quando arrivò la polizia.

Era passato circa un anno, Jana Dragana stava ammirando il tramonto dall'enorme finestra di vetro che dominava il fianco della montagna dalla sua lussuosa casa vicino al deserto di Sonora in Arizona. Il sole crepitava in un'ardente rassegnazione, macchiando il cielo di arancione e oro mentre l'oscurità cobalto inghiottiva l'orizzonte.

"Sei pronto ad andare?" chiese a bassa voce.

"Sì, è quasi ora", rispose Darko Lucic, vestito solo con la sua vestaglia di spugna e le pantofole mentre si dirigeva verso la loro sala di allenamento nella spaziosa casa del ranch. "Faremo un giro in California al mio ritorno".

"Ti amo".

"Ti amo anch'io", disse mentre chiudeva dolcemente la porta della palestra alle sue spalle.

Andò in cucina e cominciò distrattamente a sciacquare i piatti della cena, guardando il paesaggio. New York era un lontano ricordo di un altro passato, e tutte le sue dipendenze e preoccupazioni erano state lasciate molto indietro. C'era solo un ricordo che le rimaneva, e alla fine era venuta a patti con esso come meglio non avrebbe mai potuto.

Ci fu un movimento fuori, verso l'ala est della casa, e lei si allontanò dal bancone della cucina e guardò fuori dalla porta a vetri scorrevole. Lì vide il lupo gigante che camminava intorno alla casa, fissandola negli occhi.

Poi si voltò e si allontanò ancora una volta verso il tramonto.

Caro lettore,

Speriamo che leggere *Uomo Lupo* ti sia piaciuto. Per favore, prenditi un attimo per lasciare una recensione, anche breve. La tua opinione è molto importante.

Saluti

John Reinhard Dizon e il team Next Chapter

NOTA

Capitolo 2

1. Nuovo ordine mondiale

Capitolo 4

1. Servizi segreti cinesi
2. Prete voodoo

Capitolo 6

1. Soldati della mafia

Uomo Lupo
ISBN: 978-4-82411-845-5

Pubblicato da
Next Chapter
1-60-20 Minami-Otsuka
170-0005 Toshima-Ku, Tokyo
+818035793528

12 dicembre 2021

www.ingramcontent.com/pod-product-compliance
Lightning Source LLC
LaVergne TN
LVHW091452190726
843491LV00007B/1947